천리마 학교 아이들

천리마 학교 아이들

ⓒ 장영진, 2023

초판 1쇄 발행 2023년 7월 31일

지은이   장영진
펴낸이   이기봉
편집   좋은땅 편집팀
펴낸곳   도서출판 좋은땅
주소   서울특별시 마포구 양화로12길 26 지월드빌딩 (서교동 395-7)
전화   02)374-8616~7
팩스   02)374-8614
이메일   gworldbook@naver.com
홈페이지   www.g-world.co.kr

ISBN   979-11-388-2147-6 (03810)

천리마 학교 아이들

장영진 지음

좋은땅

1

붉은 태양이 솟아오르고 찬란한 햇빛이 동산 가득 비친다. 비치어 따스하니 온갖 꽃 피어나고 새들이 우짖고 노래한다. 한 쌍의 하얀 나비가 팔랑이며 하얗게 피어난 감자꽃에 날아들고 꿀벌이 붕붕거리며 노란 호박 꽃술 속으로 파고든다.

꽃 속을 넘나들며 팔랑이던 나비는 쌍을 붙였고 호박 꽃술 속을 빠져나온 꿀벌은 온몸에 꽃가루를 노랗게 묻히고 또다시 다른 꽃술 속으로 날아든다.

뻐꾹- 뻐꾹- 뻐꾹새는 노래하는 것 같기도 하고 우는 것 같기도 하다. 아름드리 소나무 숲이 우거진 앞산에 뻐꾹- 하니 화답하듯 뒷산에서 뻐꾹- 하며 메아리가 들려온다.

그런데 노래하는 것 같지도, 우는 것 같지도 않다.

짝을 찾아 애타게 부르는 소리인 것만 같다.

한낮의 태양 빛이 뜨거우니 맴- 맴- 매미들도 짝을 찾아 쉬지 않고 울어 댄다.

타닥, 타닥 …소리내며 뛰어다니는 천정의 쥐들은 시끄럽다.

발자국 소리가 작은, 쫓기는 쥐가 암놈인 것 같고 발자국 소리가 크게 들리는, 쫓는 쥐가 수놈인 것 같다.

한참 쫓고 쫓기더니 짹, 짹, 짹, 다급한 소리를 지르며 작은 놈이 큰 놈한테 잡혔나 보다.

전쟁이 끝나고 나라의 엄마들은 산아 제한이라는 게 없어 생기는 대로 애기를 낳다 보니 한 집에 아이가 일곱, 여덟은 보통이었다.

어떤 엄마는 열세 명을 낳았다. 또 어떤 엄마는 아들만 아홉을 낳고 또 어떤 엄마는 딸만 아홉을 낳았다. 마을 사람들은 두 집을 각각 9 돌이네, 연년새네 집이라고 불렀다.

"소련에선 다섯을 낳으면 모성 영웅 칭호를 준대."

누군가 말했고 그래서 엄마들은 서로 경쟁하듯 애기를 낳았다. 그래서 우리 학교 아이들은 남녀가 천오백 명을 넘었고 그렇다 보니 한 학급 인원수가 50명, 60명이었다.

또 그렇다 보니 한 학년이 7반, 8반까지였다.

그렇다 보니 교실이 모자라 오전반, 오후반으로 나누어 수업을 진행하였다.

집집의 개들도 새끼를 많이 낳으면 좋아했다.

어떤 집 개는 귀여운 새끼를 아홉 마리 낳았고 어떤집 개는 열두 마리 낳았다.

젖을 떼면 오원씩에 팔았다.

아홉 마리 다 팔면 45원이었다.

45원이면 노동자 한 달 월급이었다.

생기는 대로 낳은 애기들도 다 자라면 나라의 노동력이었다.

개가 새끼를 많이 낳으면 돈을 벌어 좋은 것처럼 애기도 많이 낳으면 노동력이 불어 좋아했다.

스피커에선 이런 노래가 흘러 나왔다.

　　똘똘 똘똘이네 스물두 형제

　　아롱다롱 떼 지어서 어데로 가나

　　사향공 우리 누나 회의 가는데

　　똘똘이네 형제들 따라서지요.

아버지가 장기 출장 가셨다 돌아오신 날 엄마는 씨암탉을 잡았다.

저녁을 먹을 때 정전이 되었고 그래서 등잔 기름도 아낄 겸, 초저녁부터 잠자리에 들었다. 캄캄한 밖에선 눈이 내렸는데 난 잠이 오지 않아 엄마, 아빠 틈새에 앉아 꼼지락, 꼼지락 장난을 쳤다.

그런 나를 보고 엄마는 어서 웃방에 올라가 자라했다.

그런데도 난 못들은 척 계속 뒤치락거렸다.

그러자 엄마는 참다못해 버럭 화를 냈다.

할 수없이 난 웃방에 올라가 누웠다.

캄캄한 긴긴 겨울밤은 고요했다.

눈이 오니 개들도 짖지 않았다.

어느새 잠이 들었고 깊은 밤 오줌이 마려워 자리에서 일어나 불을 켰다. 손등으로 눈을 비비며 어간문을 열었을 때 난 깜짝 놀랐다. 엄마 아빠가 한 이불을 덮고 딱 붙어 자는 것이다.

난 그런 모습을 처음 보았다. 5살 나는 엄마 아빠는 평생 따로 자는 줄 알았다. 엄마는 언제나 어린 나를 끼고 잤다.

그래서 난 잠결에 엄마 젖가슴을 찾았고 내 몸통보다 더 두꺼운 엄마 정강이 사이에 두 발을, 두 손을 밀어 넣었다.

그러면 한없이 따뜻했다. 잠결에 엄마를 등지고 누웠다가 눈을 뜨면 곁에 아버지가 앉아 전등갓을 내려놓고 낚시를 손질할 때가 있었다.

그때면 난 아버지가 무서워 얼른 몸을 돌려 엄마 품속으로 파고들었다. 난 너무 낯설고 당황하고 놀라 한 이불을 덮고 자는 엄마, 아빠를 한참 내려다보았다. 희미한 불빛에 비치는 두 눈을 꼭 감은 두 얼굴은 너무 불결해 보였다. 온몸이 오싹했다.

그리고 소름이 돋는 것만 같았다.

내 몸에 징그러운 구렁이가 칭칭 감겨드는 느낌이었다.

난 부르르 몸을 떨었다.

내 작은 몸뚱이에 감기는 징그러운 구렁이를 떨어내듯이….

오줌을 누고 불을 끄고 누웠어도 얼른 잠이 오지 않았다.

캄캄한 눈앞에 그 모습이 계속 얼른거리는 것이다.

난 불결해… 하고 작게 부르짖었다. 그리고 또다시 온몸이 오싹했다.

날이 가고 세월이 가도 그 모습은 시도때도 없이 눈앞에 나타났다.

보슬비가 보슬보슬 내리는 날이었다.

마을 조무래기들은 집마당에서 딱지치기를 하다 비가 오니 집안으로 몰려들었다. 아이들은 두툼한 솜이불을 모두 끄집어내어 좁은 방바닥에 펴놓고 그 위에서 서로 껴안고 뒹굴며 힘내기를 하였다. 시간이 지남에 따라 아이들의 옷은 벗겨지고 찢어지고 하였다. 그때 학철이가 내 반바지를 와락 벗기더니 작은 나를 밀쳐 넘어뜨리고 내 위에 올라탔다. 그때 학철이의 옷도 홀딱 벗겨져 있었다. 그다음 학철이가 어땠는지는 기억이 안 나지만 해 질 녘 퇴근한 엄마에게 난 울면서 일러바쳤다.

엄마는 잔뜩 눈꼬리가 치켜져 올라가더니 내 손을 씽, 잡고 학철이네 집으로 향했다.

활짝 열려진 학철이네 문 앞에 선 엄마는 고래고래 소리 질렀다. "어린 자식이 보는 앞에서 부모가 그런 걸 보여 줬으니… 부모가 배워 줬으니…." 하는데 학철이 엄마는 한 손에 빗자루를 들고 학철이를 앞에 세우고 따졌다.

"똑바로 서. 바지 벗어. 벗으라니깐. 뭐했어. 무슨 짓을 했느냐고? 엄마가 그런 걸 배워 줬다고 하지 않느냐?"

발목까지 반바지가 내려진 채로, 깊이 머리를 숙이고 엄마 앞에 똑바로 선 학철이에게, 빗자루 매질이 가해졌다.

이듬해 봄, 동생이 태어났을 때 젖이 모자라 배고파 우는 아기를 어르며 엄마는 "에이그, 니는 무엇 때문에 세상에 태어났노. …무엇 때문에 세상에 태어나 이 고생인고." 했다.

그러는 엄마 말을 들으며 난 코웃음 치고 입을 삐쭉했다.

"흥, 동생이 태어난 게 누구 탓인 것처럼. …자기가 좋아서 낳고는. …그날, 아버지가 장기 출장 다녀온 날 씨암탉을 잡았고 밥 먹을 때 정전이 되었고 그래서 긴긴 겨울밤 초저녁부터 한 이불을 덮고 같이 자고는." 했다.

누나가 천 가방을 메고 학교 갈 땐 1961년 봄이었고 정지방, 햇보가 드리워진 벽에 높게 걸린 작은 스피커에서는 잡음과 함께 남자 방송원의 부드러운 목소리가 작게 들렸다.

"우리의 영웅적 로동 계급들은 자력갱생의 혁명 정신으로 기어이 해냈습니다. 덕천자동차 공장에서 열백 번 시험 끝에 드디어 '승리호' 자동차가 탄생했습니다.

지금 시동이 걸렸습니다. 수십만 군중들은 손에 땀을 쥐고 첫 차가 네 바퀴를 구르며 앞으로 나아가기만을 기다리고 있습니다. 그런데 어찌된 일입니까? 지금 자동차는 앞으로 나아가지 못하고 뒤로 후진하고 있습니다. 앞으로 나아가야 할 차가 뒤로 후진합니다."

학교에 다녀온 쌍둥이 형이 "비닐 제품이라는 게 만들어졌대. 그래서 비닐 가방을 만든다나. 이젠 천 가방을 버리고 비닐 가방을 메고 학교 갈 날이 멀지 않았어. 반들반들 윤 난다는 비닐 제품은 비에도 젖지 않고 질기고 파랗고, 빨갛고 정말 곱고 좋대." 했다.

그해 가을 드디어 파란 비닐 가방을 메고 학교 갈 때 스피커에서는 "드디어 해냈습니다. 맨손으로 만들어 냈습니다. 지금 승리호 자동차가 앞으로 나아가고 있습니다. 온 세상이 놀라고 있습니다." 하고 울려 퍼졌다.

승리 극장에서 쌍둥이 형이 환등 영화를 보고 왔을 때 7개년 인민경제계획이 발표됐고 인민들 모두가 이밥에 고깃국을 먹을 수 있고 비단옷에 기와집에서 살게 될 날이 다가온다고 했다. 그 가을날 난 소학교 1학년에 입학했다.

개교식 날, 해님이 두둥실 솟아올랐을 때 토끼 무늬 비닐 가방을 메고 엄마 손에 이끌려 학교로 향하며 무섭고 어리둥절했다.

잔뜩 긴장된 나머지 작은 가슴이 마구 두근거렸고 파란 하늘도, 길가의 코스모스도, 낮게 날아예는 잠자리들도 흐릿하게 보였다.

까만 칠판 위에 원수님 초상화가 걸려 있고 사진틀 속에서 인자한 눈길로 아이들을 내려다보았다.

아이들은 선생님의 풍금 소리에 맞추어 목청껏 노래를 불렀다.

원수님은 우리 보고 웃으십니다.
노래 공부 잘한다고 웃으십니다.
밝고 밝은 우리 교실 알뜰한 교실
원수님의 초상화를 모셨습니다.

활짝 열려진 창으로 풀 내음, 꽃향기, 온갖 싱그러움이 밀려들었다. 파란 하늘도 올려다 보이고 파란 바다도 내려다보였다. 하얀 회칠을 한 우리 반 교실은 4층 맨 왼편이다. 교실 뒤편엔 벽보판이 걸려 있고 '배우고 배우고 또 배우자!'라는 글귀가 쓰여져 있다. 그리고 '누가 더 잘하나?'라는 빨간 도표도 그려져 있다.

옅은 연분홍 바탕에 조금 더 선명한 진분홍 진달래가 수놓아진 조선옷을 곱게 차려입은 선생님이 한 아이, 한 아이 바라보며 출석을 부른다. 김영찬, 예. 김학철, 예. 유영식, 예. …아이들은 씩씩하게 일어나 큰 소리로 대답한다. 선생님은 까만 칠판에 하얀 백묵으로 '가갸표'라고 곱게 쓰고 아이들은 국어 교과서를 펼쳐 들고 선생님의 선창에 따라 큰 소리로 읽는다.

"낫처럼 생긴 자는 기윽 자이고 거꾸로 생긴 자는 니은 자이다. 뒷문이 열린 자는 디귿 자이고 양문이 열린 자는 리을 자인데… 공처럼 생긴 자는 이응 자이고."

45분 수업이 끝나갈 무렵, 뒷자리에 앉은 영찬이가 의자에서 엉덩이를 들썩이며 안절부절 못하고 끙끙거린다. 작은 얼굴은 뻘겋게 상기되고 빨갛게 충혈된 두 눈엔 눈물방울이 가랑가랑한데 아마도 똥이 마려운 모양이다. 수업 종료 종소리만을 기다리는 것 같은데 한시가 급한가 보다. 시간이 조금조금 지남에 따라 점점 더 얼굴이 빨개지고 작은 눈가에 가랑가랑 맺혔던 눈물방울이 양 볼로 마구 흘러내리는데 으응- 하고 작게 신음 소리를 내더니 드디어 발산했는지 똥 냄새가 교실에 진동했다.

아이들은 우- 똥냄새… 하며 양손으로 입을 틀어막고 코를 틀어막고 하는데 땡- 땡- 땡- 하고 수업 마침종이 울렸다. 4시간 수업을 마치고 집으로 돌아왔을 때 영찬이 엄마는 부엌문을 활짝 열어놓고 온 동네가 떠나가라 소리소리 질러 댔다.

"아이유, 이 일을 어쩌나, 많이두 쌌네. 야, 이 멍충아, 똥이 마려우면 선생님한테 똥이 마렵다구 이야기해야지. 입이 붙어 말을 못하냐?"

엄마가 퇴근한 저녁 무렵이었는데 활짝 열려진 부엌문 쪽으로 빠르게 다가오며 외치는 영식이 엄마 목소리가 들렸다.

"아이유, 쌍디 엄마. 내 말 좀 들어 보우. 쟤네 오늘 산수시간이었는데 하나부터 열까지 셈세기를 배웠다질 뭐요. 그런데 우리 영식이는 3 자를 곱게 썼는데 이 집 영지는 3 자를 쓴다는 게 갈매기를 그렸다질 뭐요."

난 영식이 엄마가 한없이 미웠다.

꼬끼오- 학철이네 수탉이 새날을 알리고 활짝 열려진 집집의 굴뚝들에선 아침밥 짓는 연기가 하얗게 피어오르는데 문 앞에서 "영진아, 학교 가자." 하고 부르는 영식이 목소리다.

"애, 너 먼저 가려무나. 우리 영지는 아직 밥도 못 먹었다."

이마와 콧등에 송골송골 땀방울이 맺힌 엄마가 가마솥 뚜껑을 열고 밥을 푸며 소리친다. 밖에서 또다시 들리는 영식이 목소리다.

"영지 어머니, 저 밖에서 기다리겠습니다."

엄마는 밥을 푸다 말고 "어머, 쟤 좀 봐. 먼저 가라면 갈게지." 한다. 아이들은 열을 지어 씩씩하게 노래 부르며 학교로 향한다.

아침 해님 솟아오르면 달랑달랑 책가방 메고서
어깨동무 손목 잡고 원수님을 노래하며 학교에 가요.

2교시는 국어 시간이다. 아이들은 국어 교과서를 펼쳐 들고 제7과 〈아동 단원 금순이〉를 낭랑한 목소리로 읽어 나간다.

"유격대 통신 연락 임무를 맡은 아동 단원 금순이는 파가 한가득 담긴 바구니를 꼭 껴안고 먼 길을 떠납니다. 바구니에 담긴 파 속엔 목숨보다 귀중한 비밀 쪽지가 숨겨져 있습니다. …검문소가 가까워질 때였습니다. 금순이는 파 하나를 집어 들고 한입 베어 문 다음 잘근잘근 씹어 삼킵니다. 그러는 금순이 앞을 막아 선 순사는 '어데로 가느냐?' 한 다음 이 잡듯이 금순이의 온몸을 샅샅이 뒤집니다.

파가 담겨진 바구니까지 샅샅이 뒤졌어도 아무것도 찾아내지 못한 순사는 눈알을 번뜩이더니 금순이가 먹고 있는 파 잎을 낚아채려 합니다. 순간 금순이는 비밀 쪽지가 숨겨져 있는 파 잎을 꿀꺽 삼켰습니다.

순사는 괴상한 비명을 지르더니 우악스럽게 금순이 작은 입을 벌리고 목구멍으로 손가락을 집어넣었습니다. 그러는 순사의 손가락을 금순이는 힘껏 깨물었습니다. 흰 눈이 소리없이 내립니다. 홑옷에 맨발인 9살 금순이가 작은 몸이 칭칭 감긴 채 단두대에 섰습니다. 금순이는 군중들을 향해 외칩니다. …아버지, 어머니, 언니, 오빠 여러분, 울지 마십시오. 우리나라는 곧 해방됩니다. 간악한 일제는 멸망합니다. …땅- 땅- 총소리가 울립니다."

읽기가 끝나고 아이들은 학습장에 또박또박 써 나간다.

그런데 난 쓰지 못하고 멍하니 앉아만 있다.

쓰다가 꽁다리 연필 심지가 뚝- 하고 부러졌기 때문이다.

내 필통엔 연필을 깎을 수 있는 손칼도 없고 심지가 부러진 꽁다리 연필뿐이다. 다른 아이들 필통에 다 있는 지우개도 없다. 내 앞자리에 앉은 영수 필통엔 알록달록 고운 무늬에 '지덕체'라고 금색으로 새겨진, 끝에 발그레한 지우개가 달린, 몇 안 되는 아이들만 쓸 수 있는 육각 연필이 있다. 난 그런 연필을 가진 아이들이 부러웠다.

영수 아버지는 청진의과대학병원 내과 과장이었다.

때문에 영수네 집은 바다가 한눈에 내려다보이는 경치 좋은 계명산 기슭에 소련식으로 잘 지어진 2층짜리 뾰족 집이었다.

드디어 땡- 땡- 수업 마침종이 울리고 아이들은 벌 둥지를 쑤셔 놓은 것처럼 모두 일어나 운동장으로 달려 나간다.

교실엔 나 혼자 남았다.

난 영수 책상으로 다가가 필통을 열었다.

지우개가 달린 '지덕체' 연필이 눈에 커다랗게 확대되어 보인다. 난 제꺽 연필을 집어 들었다.

그러다 다시 제자리에 놓았다.

필통 뚜껑을 닫은 다음 영찬이 책상으로 갔다.

영찬이 필통은 나무 필통이다.

나무 필통 안에 나란히 든 연필은 빨간색, 파란색, 분홍색… 합쳐 5개였다. 그중 2대는 꽁다리 연필이었다.

난 사방을 살핀 다음 빨간색, 긴 연필을 제꺽 집어 들었다. 가슴이 두근거렸다. 제자리로 돌아가 가방 깊숙한 곳에 감췄다. 운동장으로 나오니 아이들이 신나게 뛰어다니며 공차기를 하고 있었다.

난 운동장 가장자리, 아름드리 미루나무가 서 있는 그늘에서 파란 하늘을 쳐다보며 '이거두 다 유전이야?' 하고 중얼거렸다.

쉬는 날 엄마는 동생을 포대기에 싸 업고 식료 상점으로 갔다.

엄마는 우리 집 식료 카드를 내밀고 한 달 치 간장, 된장을 샀다. 매달 우리 집에 차례지는 간장은 2리터, 된장은 3킬로그램이었다. 간장, 된장을 사 가지고 집으로 돌아온 엄마는 "그 멍청한 아낙네가 카드에 기재를 안 했어." 하고는 다른 그릇을 들고 또다시 식료 상점으로 가 줄을 섰다.

그렇게 그날 엄마는 두 번 간장, 된장을 샀다.

수업 시간 바지에 똥을 싼 영찬이에게 아이들은 '똥싸개'란 별명을 붙여 놓았다. 영찬이 목에는 언제나 아이들의 책가방이 주렁주렁 메여져 있었다.

영찬이는 아버지를 한 번도 보지 못했고 홀어머니와 함께 살았다.

영찬이가 엄마인 허옥자의 배 속에 있을 때 아버지인 김인달이 갑자기 죽었기 때문이다.

그날은 설날이었다.

새해가 밝으니 집 앞에서 까치가 꼬리를 달싹이며 깍깍거렸다. 한낮이 되니 깍깍거리던 까치도 조용해지고 그때 "인달이 있니?" 하며 우사막집 병수가 술병을 꽁무니에 차고 집에 들어섰다. 들어서며 "인달아, 새해엔 몸 건강하고 오래오래 잘 살아라." 하고 설 인사를 건넬 때 인달이는 반갑게 일어서며 "어서 들와라." 했고 허옥자에게 "빨리 술상을 차리오." 했다. 술이라면 오금을 못 쓰는 인달이었다.

해 질 녘, 선착장에 고기잡이배들이 들어오면 물역으로 달려가 기어이 물고기 몇 마리를 빌어 가지곤 술과 바꿔 먹었다.

고기가 잡히지 않는 철에는 외상으로 달라며 졸랐다.

어느 날 밤, 맹숭맹숭한 정신으로 바닷가에서 밤하늘의 반짝이는 별을 쳐다본 다음 검푸른 먼 바다에 떠 있는 깜빡이는 불빛을 바라보며 "야! 술 10리터 댕겨(외상으로) 먹구 전쟁이나 콱 터졌으면 좋겠다." 했다.

술상을 차리라는 김인달의 말에 부엌으로 내려가 아궁이 앞에 쭈그리고 앉은 허옥자는 볼멘소리로 "무슨 집에 개칠 몽둥이 하나 없으니 원." 하며 궁시렁궁시렁거린다. 그러는 허옥자의 불평을 들었는지 먹었는지 김인달은 벽에 기대 놓은 둥그런 밥상을 펴고 술상을 차렸다. "자, 자, 자, 한잔 쭉 들자구 …첫째두, 둘째두 건강이니 새해엔 몸

조심하구." 할때 얼굴에 숯검댕이를 묻힌 허옥자가 "이보시오. 찌개를 덥히면 드시오." 했고 조금 시간이 지났을 때 인달이는 아궁이 앞에 앉아 꿍꿍거리는 허옥자에게 "아직 불 못 지폈어?" 했다.

허옥자는 부엌에 잔뜩 웅크리고 앉아 아궁이에 얼굴을 디밀다시피 하며 "이 집에 개칠 몽둥이 하나 없는데 뭘로 불 땝니까?" 한다.

곁에 앉은 병수가 "야, 임마. 나무 좀 해 놓구 살아라." 할 때 인달이는 벌떡 일어서며 허옥자에게 "야. 도끼 줘 봐. 내 금방 앞산에 올라가 한 대 찍어 올게." 한다.

집 앞으로 흐르는 꽁꽁 얼어붙은 작은 개울을 건너면 바로 야트막한 산이다. 뻘겋게 술기운이 올라 씩씩, 하얀 입김을 내뿜으며 산에 오른 김인달은 퉤, 퉤, 하고 손바닥에 침을 뱉은 다음 쩡쩡 도끼질로 소나무 한 대를 쓸어 눕혔다.

빠르게 아지를 친 다음 무거운 통나무를 둘러메고 금세 야트막한 산을 내렸고 휘청거리며 집 앞, 얼어붙은 개울에 들어서서 한 발짝, 두 발짝 옮길 때 미끄러지며 쿵- 하고 넘어졌다. 한 손에 쥐었던 도끼가 얼음판에 나뒹굴고 온몸을 짓누르던 무거운 통나무에 깔리며 휘청, 넘어지는 순간 머리가 얼음강판에 땅- 하고 부딪혔다.

금방 나무를 찍어 온다며 도끼를 들고 나간 사람이 돌아오지 않자 "왜 이리 늦어지는 거야?" 할 때 밖에서는 까마귀가 까욱- 까욱- 하고 울어 댔다.

그렇게 영찬이 아버지는 설날에 생을 마감했다.

2

등굣길에 영식이가 재잘거린다.

"글쎄 말이야. 내 말 좀 들어 봐. 평양에 천리마 동상이 세워졌대. 높이가 무려 65미터나 된다는 거야. 경장하지 않니? 사선으로 높게 세워진 댓돌 위에 동으로 만든 천리마가 날개를 활짝 펴고 하늘로 날아오르는 형상인데 힘차게 나래 펴는 천리마에는 낫과 망치를 든 노동자와 볏단을 안은 농민이 타고 있대."

영식이 말처럼 평양엔 천리마 동상이 세워졌고 온 나라에 천리마 운동이 거세차게 타올랐다.

'동무는 천리마를 탔는가? 보수주의와 신비주의를 불사르라!'

거리 곳곳에 이런 플래카드가 걸려 있고 방송에서는 "우리의 영웅적 로동 계급과 건설자들은 남들이 안 된다던'조립식 공법을 받아들여 10분에 집 한 채, 아니 7분에 집 한 채씩을 일떠 세우고 있습니다. 천리마를 탄 기세로 달리고 있습니다." 하고 울려 퍼졌다.

일터에서, 초소에서, 학교에서도 천리마 쟁취 운동이 벌어졌다.

우리 학교도 천리마 학교의 영예를 쟁취하기 위하여 결의하고 나섰다. 천리마 학교가 되려면 학교 안팎을 알뜰히 꾸리고 '지덕체'를 겸비한 학교로 만들어야 했다.

모든 면에서 전국의 모든 학교들의 모범이 되어야 하였다.

햇볕이 뜨겁게 내리쬐는데 전교는 오전 수업을 마치고 삽과 괭이, 질그릇을 손에 들고 운동장에 집합했다.

멀리서부터 노란 석비레를 퍼날라 넓은 운동장에 깔아야 하기 때문이다. 바켓쯔(양동이)와 질그릇에 무거운 석비레를 져 나르는 아이들의 얼굴에선 땀이 비오듯 흘러내렸다.

그렇게 해 질 녘까지 며칠을 퍼 날라야 했다.

복도와 교실 바닥, 책상에 초를 발라 반들반들 윤기 내고 교실 창문을 호호- 불어 가며 알른거리게 닦고 또 닦았다. 제일 힘든 것은 집단 체조였다.

여자아이들은 초록색으로 물들인 짧은 치마에 몸에 딱 붙는 흰 셔츠를 입고 "우리 아버지 김일성 원수님 다함없는 마음으로 영광을 드려요." 하고 노래부르며 당실당실 춤을 췄다. 마지막 부분에선 수많은 아이들이 한 동작으로 앞전, 뒷전을 연이어 수행하며 공중으로 팔짝팔짝 날아야 하는 고난도인데 그 수행은 잘 되지 않아 매일 수십 차례씩 반복했다.

어린아이들의 온몸은 물참봉이가 되었고 어떤 여자애들은 너무 힘들어 눈물을 찔끔찔끔 흘렸다.

남자아이들은 흰 츄리닝을 입고 쿵- 쿵- 울리는 북소리에 맞추어 씩씩하게 양손에 든 붉은 기를 흔들며 넓은 운동장에 ㅌ, ㄷ란 글자를 새겼다.

일요일엔 쉬지 못하고 파고철을 주웠다.

나라의 어린이들이 모은 파고철로 '소년호 땡크'를 만들기 때문이다.

드디어 오랜 준비 끝에 천리마 학교 판정이 끝났을 때 확성기에서는 "조선민주주의 인민공화국 중앙인민위원회 정령, 함경북도 청진시 신암 구역 명성소학교에 천리마 학교 칭호를 수여함에 대하여." 하고 울려 퍼졌다.

전국에 몇 안 되는 '천리마 학교' 영예를 지닌 우리 학교 아이들은 왼쪽 가슴에 활활 타오르는 횃불 모양의 소년단 휘장과 함께 구리로 된, '천리마 학교'라고 새겨진 반짝반짝 빛나는 배지를 달고 다녔다.

나와 한 책상에 나란히 앉아 공부하는 영식이는 등하굣길에 언제나 한 팔을 내 어깨에 두르고 찰떡처럼 찰싹 달라붙어 쉴 새 없이 참새처럼 재재거렸다.

길을 걸을 때 영식이는 재잘거리며 하늘을 쳐다보면서 걸었고 난 수심에 잠겨 땅만 보며 걸었다.

영식이 별명은 '간나(여자를 빗대어 하는 말)'였다.

쨱쨱거리며 말할 땐 여자애처럼 맑은 목소리가 한 옥타브 높았고 어떤 땐 한 손으로 입을 살짝 가리고 하하하… 호호호… 하고 간드러지게 웃기 때문이다.

그리고 말하는 중간중간 갑자기 삼각 눈을 크게 뜨고 화들짝 놀라는 몸짓으로 "어마나… 어마나…" 하였다.

언제나 내 곁을 맴돌며 쉴 새 없이 말하는 영식이 입에선 시큼한 김치 냄새와 된장 냄새가 풍겼다.

나보다 목이 받고 나보다 검지만큼 키가 작은 영식이는 "난 말하기를 좋아해. 그래서 쉴 새 없이 말하는 거야." 하였다.

나뭇가지에 앉아 꼬리를 딸싹이며 깍깍거리는 까치를 보고는 "어마나, 저 까치 좀 봐. …글쎄 말이야. 내 말 좀 들어 봐. 흰 까치가 나타났대. 신기하지 않니? …아버지 원수님께서 흰 까치가 나타난 것은 나라가 부흥할 징조라고 말씀하셨대." 하였다.

갑자기 소나기가 내린 후 개면서 무지개가 비꼈을 땐 "어마나, 저 무지개 좀 봐. 곱지? …아버지 원수님께서 어린 시절 만경봉 소나무에 오르시어 무지개를 잡으셨대." 하였다.

"내 말 좀 들어 봐. 아열대 지방인 베트남이란 나라에서 산길을 걷던 사람들이 드문히 사라졌대. 하도 이상하여 매복을 하고 지켜봤는데 글쎄 말이야, 커다란 구렁이가 지나가던 사람들을 잡아먹드래. 구렁이가 얼마나 컸던지 몸통엔 파란 이끼가 돋았고 산처럼 보였다는 거야. 글쎄 뱀이 얼마나 컸던지 사람을 한 입에 삼켰대. 그래서 그 구렁이를 잡는데 글쎄 군대가 포탄을 쏘아 잡았다질 않니? 구렁이가 얼마나 컸으면 군대가 포탄을 쏘아 잡았을까?"

"옛날 옛적 하늘에서 집짐승들의 성기를 떨어뜨려 줬대. 제일 빨리 달린 말이 제일 먼저 땅에 떨어진 성기를 주워 자기한테 달았고 그다음 개, 염소, 양, …순서였대. 쿨쿨 자던 돼지가 제일 마지막에 달려가보니 먼저 달려간 짐승들이 다 주워 달고 성기를 묶었던 끈만 남았더란 거야. …에이, 모르겠다. 이거래두 달자. …하고 꿀꿀거리며 그걸 달았대. 그래서 돼지 성기가 끈처럼 꼬불꼬불하다는 거야. 그래서 제일 빠르게 제일 먼저 달려가 제일 큰 것으로 단 말의 성기가 제일 크고… 웃기지 않니?"

"전국 거짓말 대회에서 1등을 한 이야기래. 한번 들어 봐. …눈 내리는 날, 신랑이 장기 출장 가게 됐어. 차 시간이 가까워지는데 부랴부랴 집을 나서려던 신랑이 새각시를 와락 끌어안았고 그다음 옷을 입은 채로 부부 관계를 했다는 거야. 신랑이 하는 말이 이제 출장가면 오랜 시간 동안 떨어져 지내야 한다면서… 역까지 배웅해 주고 집에 돌아와 오줌을 누었대. 그런데 글쎄 오줌보가 네 갈래였다는 거야. 하도 이상하여 다음 날 병원에 갔더니 남편의 오버 단추가 몸속에 들어갔더래. 차 시간이 바빠 오버를 입은 채로 부부 관계를 맺어 거기에 남편의 오버 단추가 들어갔다나."

영식이는 이런 이상한 이야기를 하면서 한 손으로 입을 가리고 호호호… 하하하… 하며 배를 잡고 웃었다.

"우리 인민군 정찰병들이 청와대를 습격했대. 그런데 실패했고 전부 자폭했다는 거야. 임무 수행 중 산중의 농가에 들어갔는데 밥을 시켜 먹고 나오면서 일가족 전부를 살해했대. 어쩔 수 없이 그렇게 죽여야만 한대. 왜냐면 그들이 밀고하기 때문이라나. 용감한 정찰병들은 서울 시내까지 진입하여 버스를 잡아탔는데 발각됐고 모두 자폭했대. 조장인 리학문만이 용케두 포위망을 빠져 살아 돌아왔는데, 리학문은 공화국 2중 영웅 칭호를 받았대. 우리나라에 2중 영웅은 리학문 한 사람뿐이래."

말을 많이 하는 것도 유전인가 보다.

하도 말이 많은 영식이 엄마를 마을 아낙네들은 '말씀재 노친'이라 불렀다. 해방 전 '깜장애'라 불리며 지주집 머슴을 살았다는 영식이 엄마는 낫 놓고 기윽 자도 모르는 까막눈이었다. 돈 셀 줄밖에 몰랐다. 해방이 되고 세상이 바뀌니 무산 계급들이 나라의 주인이 되었다. 유산 계급들의 땅과 집과 재산을 몰수해 무산 계급들에게 주었다. 그래서 무산 계급들은 새 세상을 만났다며 우쭐했다. 그들은 조금이라도 칭찬을 해 주면 뒤가 나가는 줄 모르고 일했다. 그들의 목소리는 언제나 높았고 쉴 새 없이 떠들어 대며 말했다. 유산 계급들은 기가 죽었고 언제나 조용했다. 언제나 조용해야만 했다.

무산 계급들은 출세했고 유산 계급들은 코에 걸면 코걸이, 귀에 걸면 귀걸이였다. 무산 계급들의 후대들은 승승장구했고 유산 계급들의 후대들은 기가 죽어 밑바닥 인생을 살았다. 그래서 영식이 엄마는 언제나 우쭐해서 말이 많았고 쉴 새 없이 말하고 또 말했다.

영식이네 집은 아름드리 아카시아나무 두 그루가 서 있고 그네와 미끄럼대가 있는 마을 공터와 잇닿아 있었다.

땅거미가 지는데 문을 활짝 열어 놓고 부르는 영식이 엄마 목소리가 우리 집까지 크게 들렸다.

"영식아! 영숙아! …지양(저녁) 먹자. 오늘 저녁에는 떠떡국(수제비)에다 기름 한 숟가락 팍 넣다."

퇴근하여 집에 아무도 없을 때면 문간에 서서 "영식아! 영숙아!" 하고 부르며 찾았다. 그렇게 30분이고 한 시간이고 "예, 어머니." 하며 달려올 때까지 고래고래 소리쳤다.

멀리 서쪽으로 높이 솟은 계명산 너머로 석양이 완전히 질 때까지 영식이 엄마 목소리는 온 마을에 길게길게 울려 퍼졌다. 시간이 지남에 따라 완전히 목소리가 쉬어 버릴 때도 있었다.

무서운 엄마가 찾는 고함 소리를 듣고 놀라 "예, 어머니. 여기 있습니다." 하고 소리치며 영식이가 먼저 달려갈 때도 있고 "예, 어머니. 지금 가고 있습니다." 하고 소리치며 동생인 어린 영숙이가 먼저 달려갈 때도 있었다.

어떤 땐 둘이 마을 어귀에서 같이 놀다 함께 달려갈 때도 있었다. 오래도록 부르며 소리치다 영숙이가 먼저 나타날 때면 "야, 이 간나야. 숙제하메 집에 얌전히 있을 게지 어디 개처럼 바라 다니다 에미 그렇게 소리치메 찾는 것두 모르고 이제사 게바라 오느냐." 했고, 영식이가 먼저 나타날 때면 "야, 이 새끼야. 빨리 들오지 못하겠니? 집이 이게 무슨 개구리야?" 하며 부엌 마루에서 빗자루를 집어 들고 연신 머리를 내리쳤다.

그러면 영식이는 두 손으로 작은 머리를 감싸 쥐고 "어머니, 제발.

잘못했습니다. 다시는 안 그러겠습니다." 하고 울먹이며 소리쳤다.

두 눈을 꼿꼿이 부릅뜨고 소리치는 엄마 앞에서 두 아이는 작은 생쥐처럼 바들바들 떨었다.

동녘 하늘이 푸름푸름 밝아올 때 영식이네 집 앞, 아름드리 아카시아나무 밑둥에 매달린 무쇠 종이 땡- 땡- 울렸다.

인민반장은 종을 치며 "세대주들은 빨리 공동 변소 짓는 데로 나오시오." 하고 소리쳤다.

세대주들은 하품을 길게 하며 삽과 곡괭이를 들고 무쇠 종 밑으로 모여들었다. 몸이 아파 식전 작업에 나갈 수 없는 세대주는 중학생 아들이 대신 나갔다.

매일 아침 7시 사이렌 소리가 길게 울릴 때까지 식전 작업은 진행되었다. 그날 아침 아버지는 여느 때와 마찬가지로 공동 작업을 마치고 문간으로 들어서며 한 손으로 긴 허리를 붙잡고 끙끙거렸다. 방바닥에 펄썩 주저앉아서는 몹시도 고통스러운지 이맛살을 찌푸렸다.

부엌에서 아침밥을 짓던 엄마가 두 눈을 휘둥그레 뜨고 그러는 아버지를 바라보며 "아니, 당신 왜 그러우. 일하다 어디 다쳤수?" 했다.

아버지는 허리를 붙잡고 끙끙거리더니 "배안이… 그 사람, 커다란 돌을 내 허리에…." 하며 말끝을 잇지 못했는데 엄마는 발딱 일어서더니 "아니, 당신 입이 붙었수? 왜 그 돌을 들 수 없다고 말을 못했소. … 그 미련하고 무식한 곰탱이 새끼를 내 그저…." 하며 입술을 악물었다.

배안이는 에프롱(항만 건설) 사업소에서 막노동을 하는 학철이 아버지였다. 학철이 아버지는 검은 피부에 어깨가 딱 벌어지고 팔뚝이 굵었다.

안경을 낀 우리 아버지는 마르고 키가 큰데 피부가 하얗고 도상업 도매소 상업지도원이었다.

공동 변소가 다 지어졌을 때 아침 시간이면 어른이고 아이고 변소 문 앞에 휴지를 들고 줄을 섰다.

아버지들은 바지를 내리고 변소에 들어가 앉으면 쿨럭쿨럭 기침 소리를 내며 나올 줄 몰랐다.

끙끙 변을 보며 아버지들이 피우는 담배 연기가 파란 뻥끼(페인트) 칠을 한 변소 문틈으로 새어 나왔다.

변소에 들어가 앉은 아버지들이 빨리 일어나 나오기만을 기다리며 문 앞에 휴지를 들고 줄을 서서 기다리던 아이들은 급해 울상이 되어 발을 동동 굴렀다.

등굣길에 영식이는 "글쎄 말이야, 내 말 좀 들어 봐. 어제 우리 누나 가 학교에 갔다 와서 집문을 열었는데 깜짝 놀라 기겁했다지 뭐니… 아니 글쎄, 꼬리가 달린 하얀 구데기(구더기)들이 장판에 우굴우굴 기 어다니드란 거야. 누나는 깜짝 놀라 빗자루를 집어 들고 쓸어 냈대." 하고 말했다.

다음 날 아침이었다.

문을 활짝 열어 놓고 온 동네에 대고 소리지르는 영식이 엄마 목소 리가 크게 들렸다.

"그러게 내가 뭐랬소. 우리 집 앞에다 공동 변소를 짓지 말라 하지 않았소. 우리 집에 와서 보오. 이 구데기들을 좀 보오. 내 그저 저눔의 변소를 콱 폭파해 버릴 거요."

영식이네 집에는 낡은 '비둘기' 재봉기(재봉틀)가 있었다. 난 그 재봉기가 부러웠다.

엉덩이나 무릎이 꿰지면 영식이는 같은 천 조각을 안으로 대고 재봉틀로 곱게 박아 입는데 난 엄마가 손바느질로 듬성듬성 기운 보기 흉한 바지를 입고 다녔다.

"글쎄 말이야, 내 말 좀 들어 봐. 우리 어머니가 재봉질하다 재봉침 바늘이 부러졌지 뭐겠니. 그래서 자고 있는 큰형님을 깨웠어. 큰형님이 일어나 부러진 바늘을 바꿔 끼우는데 아니 글쎄 말이야. 우리 어머니가 호들갑을 떨며 재봉기를 확 돌려 버렸어. 그래서 형님 검지손가락에 재봉침 바늘이 몇 번이나 관통했어. 그래서 진료소에 가 페니실린 주사를 맞았지 뭐니." 영식이는 이 말을 하면서 하하하… 호호호… 웃어 댔다.

폐결핵으로 오랫동안 병상에 있다 8남매를 남겨 두고 영식이 아버지가 돌아가신 날은 함박눈이 하염없이 내리던 날이었다.

날이 저무는데 불빛이 가물거리는 영식이네 집에서 들려오는 영식이 엄마 울음소리가 온 마을에 오래도록 울려 퍼졌다.

그렇게도 함박눈이 펑펑 내리던 겨울밤이었다.

3

아버지가 배정받은 집은 작은 부엌이 달린 두 칸짜리 사회주의 문화 주택이었다. 뒷문을 열면 벽돌로 지은 작은 창고가 있고 앞문을 열면 작은 마당 한켠에 더 작은 텃밭이 딸려 있었다. 야트막한 앞산에 오르면 바다가 한눈에 내려다보였고 아름드리 소나무 숲이 우거진 뒷산에 오르면 시내가 한눈에 내려다보였다.

엄마가 아침밥을 지을 때 스피커에서 이런 노래가 흘러나왔다.

　…

여보. 노친네 눈물을 어서 닦소.
지난날 집이 없어 헤매이던 우리들게
수령님은 따사로운 보금자리 주시었소
토성랑 진 뻘우에 세상에 우뜸가는
락원이 솟았구려.
　…

칸칸마다 알뜰이 도배한 방에

수령님 초상화를 높이 모시고

…

스피커에서 잡음과 함께 작게 들리는 노래가 끝났을 때 "있소? … 초상화 검열 나왔소." 하는 인민반장 구옥화의 목소리가 문 밖에서 들렸다. 어느새 집안으로 들어와 하얀 회칠을 한 정지방 한쪽 벽에 걸린 원수님 초상화 앞에 선 구옥화는 하얀 손수건으로 초상화 액자와 유리를 닦아 보고는 "이것 보오. 이 문지를 좀 보란 말이요. 유리에 파리똥도 많고… 수령님 초상화가 모셔진 벽엔 아무것도 놓지 못하게 되지 않았소. 그런데 왜 이렇게 많은 물건들을 밑에 놓았소. 이 농짝은 무엇이고… 당의 유일사상 체계와 어긋난단 말이요." 하며 엄마를 차갑게 쏘아본다. 웃방에서 뚝딱거리며 작은 밥상을 만들던 아버지가 그 말이 거슬렸던지, 아니면 더는 못 참겠던지 얼굴을 잔뜩 찌푸리더니 신경질적으로 대꾸한다.

"그러면 이 좁은 집에 이 물건들은 어디다 놓는단 말이오." 엄마 곁에서 그러는 아빠를 빤히 쳐다보던 5살 나는 가슴이 덜컥했다.

아버지가 내뱉은 말은 반동 소리인 것이다.

엄마는 울면서 "당원이란 사람이 머리가 썩었네요. 함부로 그렇게 말하면 되나요? 그 당원증은 나에게 주세요. 당신은 당원 자격이 없어요." 하는데 가마솥에선 밥 타는 냄새가 진동했다. 그날 밤 나는 아버지가 정치 범인으로 잡혀가는 꿈을 꾸었다. 아버지는 나를 안고 내 얼굴에 뽀뽀를 퍼부었다. 그때면 난 아버지의 깔깔한 구레나룻이 싫어 두 손으로 힘껏 얼굴을 밀었다. 아버지는 끔쩍도 안 했다. 끔쩍도 안 하며 쿡쿡… 웃었다. 난 길게 드러누운 아버지 몸 우에 올라가 작은 두 발로 아버지의 무릎을 꼭꼭 밟았다. 아버지는 시원하신지 "계속, 계속, …옳지 …거기 …더 세게 밟아." 하시며 미소 지으셨다.

하얀 벽에 원수님 초상화가 걸려 있는 사회주의 문화 주택은 벽이 얇아 겨울이면 방 안에 하얗게 성에가 끼고 물이 줄줄 흘러내렸다. 천정에선 타닥, 타닥, 쥐들이 뛰놀고 온기가 냉랭한 가마솥 뚜껑에 두 손을 올려놓고 일나간 엄마를 기다리는 해 질 녘에는 물둥기 뒤에서 어미 쥐가 빠끔히 머리를 내밀었다.

작은 창에 걸려 있는 하얀 달을 바라보다 가물가물 잠들려고 할 때 정지방에서 누나 목소리가 작게 들렸다. "어머니, 전 오늘 쟤 때문에 깜짝 놀랐어요. 아니 글쎄, 저 쪼끄만 게 어쩌면 그리도 능청스럽게 거짓말을 할까요? …난 딱 곧이들었지 뭐예요. 저 작은 머리로 어쩌면 그런 엉뚱한 거짓말을 꾸며 냈을까요? …쟨 이다음 커서 뭐가 될까요?"

낙엽이 질 때도, 하얀 눈이 내릴 때도 깊은 생각에, 깊은 슬픔에 잠겨 하염없이 창밖을 내다보는 나에게 엄마는 "쟨 도대체 무슨 생각을 저리도 골똘히 하고 있을까? …쟤 가슴속엔 도대체 무엇이 들어가 있을까? …쟨 이다음에 커서 무엇이 될까?" 했다.

두 쌍둥이 형은 날 보고 울보라 했다.

마구 엎드려 울고 또 울었다. 한 시간이고 두 시간이고 울음소리는 그치지 않았다. 종일 엄마를 기다리다 잠이 들고 깨어 곁에 아무도 없을 땐 무서움에, 허전함에, 외로움에, 슬피 울었다. 그렇게 울다 잠이 들고 희미하게 깨어나며 또 울었다. 창밖에 눈 내릴 땐 눈이 내려 울고, 낙엽이 흩날릴 땐 낙엽이 지어 울었다.

비 내리는 그날엔 괜히 짜증이 나고 모든 게 엄마 탓이라며 활짝 열려진 문 앞에 서서 내리는 비를 흠뻑 맞으며 두 발을 동동 구르며 떼쓰며 울었다.

맨발로 우는 발 앞에 커다란 두꺼비가 비 맞으며 왜 우냐는 듯 엉기엉기 다가왔다. 그러면 나는 무서운 두꺼비를 한발 비켜서며 더 크게, 더 슬피 울었다.

미지근한 아랫목에서 2살이었던 동생 영순이와 함께 엄마를 기다리다 잠이 들었고 그러다 깨어났을 때 작은 창밖으로 가을바람 소리가 처량하게 들렸다. 그 낙엽이 흩날리는 창가를 바라보며 울고 또 울었다. 그렇게 오래도록 슬피 우는 눈앞에 괴물들이 우글거리고 아마도 난 울다 지쳐 기절했으리라.

땅거미가 내리고 어두워지니 저녁을 먹은 동네 아이들이 "야, '어이' 놀자." 하며 마을 공터로 모여들었다.

'어이'란 숨바꼭질과 비슷했다.

'가위바위보' 하여 이긴 팀 아이들이 어둠 속에 꼭꼭 숨으면 진 팀 아이들이 마을 곳곳을 샅샅이 누비며 찾는다.

꼭꼭 숨은 아이들이 '어이' 하고는 다른 곳으로 숨어든다.

소리 난 쪽으로 달려가 보면 아무도 없다.

난 높은 담벼락 위에 기어올라 반듯이 누웠다.

캄캄한 어둠 속에 개똥벌레(반딧불이)들이 파란 불빛을 깜빡이며 눈앞에 날아다니고 박쥐들이 밤하늘가로 휙휙 오르내렸다.

아득한 밤하늘가에 수많은 별들이 반짝이었다.

난 하나, 둘, 하고 별들을 세었다.

세고 또 셀 때 '어이' 하는 아이들의 외침 소리도 들려오지 않고 한없이 고요했다.

내가 담벼락에서 내려섰을 때 시간이 지나 아이들은 모두 흩어져 집으로 간 후였다.

난 허전한 맘에 밤하늘가의 반짝이는 별들을 바라보며 한자리에 오래도록 서 있었다.

등굣길에 영식이가 또다시 재잘거렸다.

"글쎄 말이야, 내 말 좀 들어 봐. 평양에 살고 있는 학철이 큰누나가 살아생전 할머니를 평양 구경시켜드린다며 '승인번호'를 내려보내 줬대. 그래서 학철이 할머니가 평양 손녀딸 집에 다녀왔나 봐. 그런데 '창광원'이라는데 들어갔다가 기절해 넘어졌대. 의식을 잃었고… 왜냐면 대리석 무늬가 번쩍번쩍한 널따란 홀에 인공 분수대가 있고 그 가운데, 높은 물기둥에서 물이 떨어지며 파랗고 빨간 형형색색의 아름다운 조화를 만들어 냈는데 난생처음 본 그 광경에 너무 놀라 기절해 넘어졌다는 거야… 그리고 지하철에 들어갔다가 길을 잃어 행방불명 됐대. 수소문 끝에 다음 날에야 찾았는데 안전부(경찰서)에서 울고 있더란 거야. 할머니는 손녀딸이 더 놀다 가라는 걸 뿌리치고 며칠 만에 내려왔대. 왜냐면 아파트가 너무 추워 잠을 잘 수가 없더라는 거야. 하룻밤에 오줌 누러 열맷 번씩이나 일어났대. 석탄이 없어 평양화력발전소가 돌아가지 못해 난방이 되지 않기 때문이라나. …소한 날씨인데 너무 워워 온도계를 보니 7도더래."

학교에 다녀온 학철이에게 할머니는 "날래(어서, 빨리) 교복을 벗고 낡은 옷으로 갈아입어라, 밥 먹어라, 숙제를 해라." 했는데 그러는 할머니에게 학철이는 "구순(귀신) 같은 게 뭐라고 궁시렁, 궁시렁거리는 거야." 한 다음 "이젠 그만 살면 됐소. 그만하면 오래 살았소. 밥만 축내지 말고 낼래 죽소." 했다. 마을 공터에서 조무래기 아이들은 두 패로 나누어 전쟁 놀이를 한다. '가위바위보' 하여 이긴 팀이 인민 군대이고 진 팀이 미국 놈이다. 손에 장총처럼 생긴 긴 나무 막대기를 든 학철이는 "뚜르륵… 뚜르륵." 하며 미국 놈들을 갈겨 대는데 학철이가 쏜 총탄에 맞은 아이들은 하나, 둘, 푹, 푹, 꼬꾸라지며 쓰러진다.

학철이는 신났다. "뚜르륵 뚜르륵."

아이들이 모두 쓰러졌을 때 학철이는 줄을 맞춰 나란히 찍어 놓은 무연탄(연탄)을 짓뭉겨 댔다.

그날 저녁 학철이네 집으로 달려온 우사막집 병수가 입에 거품을 물고 고래고래 소리 지른다.

"쉬는 날 꼭두새벽부터 종일 찍은 무연탄이란 말이요. 자그마치 300장이요. 내일 중으로 당장 찍어 놓으시오. …찍어 놓으란 말이요. 알겠소?"

학교로 가는 길가엔 버스 종점이 있고 어린이 공원이 있고 소련군 추모탑이 있고 승리 극장이 있었다.

승리 극장은 해방 전 일본인들이 지은 고풍스러운 건물이었는데 학철이 할머니 말에 의하면 성당이었다고 한다.

승리 극장에 새로 나온 예술영화 〈조선의 별〉 포스터가 나붙었다. 어른, 아이 할 것 없이 기막히게 재미있다는 그 영화를 보지 못해 안달이었다.

아이들은 극장에 들어갈 수 없었다.

극장뿐 아니라 상점에도 들어갈 수 없었다.

저녁 상영 시간대에 이미 영화는 시작됐는데 표를 끊지 못한 사람들이 어두워진 극장 밖에서 웅성이며 서성이고 우렁우렁한 녹음 소리가 밖에까지 크게 들렸다.

학철이는 극장을 한 바퀴 돈 다음 뒷벽을 타고 지붕으로 기어올랐다. 그다음 기와를 들어내고 판자를 뜯어낸 다음 얼기설기 전기선이 지나가고 거미줄이 쓸고 먼지가 두텁게 쌓여 있는 중천정 합판까지 뜯어냈다.

그리고 기회를 보다 상영관 안으로 뛰어내렸다.

사르륵, 사르륵, 영사기 돌아가는 소리가 들리는 가운데 조용히 깊은 감상에 젖어 영화 속 장면에 심취해 있던 관람객들은 갑자기 시커먼 천정에서 무엇이 떨어지자 화들짝 놀라 머리를 웅크리며 기겁을 하였다.

어떤 사람들은 커다란 쥐인가 했고 어떤 사람들은 커다란 도둑 고양이인가 했다.

높은 천정에서 뛰어내린 학철이가 어둠을 틈타 한쪽 구석켠에 자리 잡고 영화를 보기 시작했을 땐 이미 시작한 영화가 반쯤 지났을 때였다.

다음 날 아침이었다.

전교는 운동장에 집합했고 교장선생님은 연단에 올라 엄숙하게 아침 조회를 진행하였다.

그때 하얀 회칠을 한 4층 건물 옥상에 한 아이가 불쑥 모습을 드러냈다. 1500명 아이들은 일시에 그 아이를 올려다보았다. 연단에 선 교장선생님도, 남녀 학급 선생님들도 아이들의 눈길을 따라 학교 옥상으로 고개를 쳐들었다. 하늘은 파랗고 해님은 방실 웃는 듯 밝은 빛을 뿌리며 그러는 교정을 내려다보고 있었다.

넓은 운동장 둘레에 높게 선 미루나무들도 신기하다는 듯 솔솔 불어오는 바람결 따라 작은 잎새를 하늘거렸다.

그중 제일 높은 나뭇가지에 앉은 까치 한 쌍이 얘들아, 빨리 밑에다 이불을 펴 하듯이 꼬리를 달싹이며 깍깍거린다. 파란 하늘가에서 종달새 한 마리가 신났다는 듯 파닥거리며 날갯짓하고 숲이 우거진 학습터로 오르는 언덕에서 뻐꾹- 뻐꾹 하는 뻐꾸기 울음소리가 들려왔다. 파란 하늘을 배경으로 파란 바다를 내려다보며 학교 옥상에 우뚝 선 그 아이는 학철이었다.

작은 학철이는 〈조선의 별〉 영화의 주인공, 청년 공산주의자 김혁이를 열연했다. 학철의 외침 소리가 운동장에 쩽쩽히 울려 퍼졌다.

그것은 자신이 지은 〈조선의 별〉 노래 악보를 찍다 일제에게 포위되어 4층 건물에서 뛰어내릴 때, 영화의 마지막 장면인 김혁이의 외침 소리였다.

…겨레여, 삼천리 강산에 동이 터 온다. 우리의 태양 희망의 별. 아! 김일성, 김일성….

다음 학철이는 김혁이처럼 품속에서 삐라 뭉치를 꺼내 휘뿌렸다. 하얀 종이보라가 너울너울 춤추며 흩날려 내렸다. 동시에 학철이는 영화의 주인공처럼 옥상에서 뛰어내렸다.

아 일시에 운동장에서 비명 소리가 들렸다.

여자애들의 비명 소리가 남자애들의 비명 소리보다 쩽쩽하게 한 옥타브 더 높았다.

깍깍거리던 까치가 화들짝 놀라 날아가 버리고 뻐꾸기가 울음소리를 뚝 그쳤다.

떨어짐과 동시에 여자애들은 아- 하며 두 손으로 얼굴을 감쌌다.

교장선생님이 연단에서 뛰어내렸다. 연단 양옆으로 나란히 섰던 선생님들이 달려갔다. 중앙 현관 양옆으론 화단이 조성돼 있었다.

화단엔 빨간 장미꽃도 피어나고 백일홍도 피어나고 채송화도 피어났다.

젖나무도 심어졌고 라일락 꽃나무도 심어졌다.

눈 깜짝할 사이 학철이가 꽃나무 속으로 떨어졌을 때 꽃 속으로 파고들던 꿀벌들과 호랑나비는 날아가 버리고 꽃나무에 앉았던 참새들도 놀라 파닥거리며 날아올랐다.

다리가 부러진 학철이는 병원으로 실려 갔다.

땅거미가 지는데 학철이 엄마는 부엌문을 활짝 열어 놓고 푸념을 늘어놓았다. "아이고, 이 집 인간들은 어떻게 된 건지 하나같이 놀가지 새끼처럼 다리가 부러졌으니… 다리병신이 됐으니."

학철이 할아버지는 젊었을 적 뒷산에 올라 곰을 잡다, 나무에서 곰을 꺼안은 채로 벼랑 턱으로 떨어졌다. 밑으론 바다였다.

곰과 함께 바다에서 허우적거렸다.

곰은 잡았지만 떨어지며 다리가 부러졌다.

그리하여 평생 한쪽 다리를 절룩거리며 다녔다.

학철이 아버지가 결혼했을 때 집을 배정받지 못해 무척이나 고생하였다. 학철이 엄마가 학철이를 가졌을 때였고 추운 밖에서 설을 새고 엄동설한에 한지에서 애기를 낳게 생겼었다.

학철이 엄마는 남산만한 배를 붙들고 학철이 아버지 공장으로 찾아가 당 비서실 문을 열어 젖혔고 당 비서 책상을 들어 엎었다. 그리하여 눈 내리는 섣달그믐날 뼈대만 세워진 한 칸짜리 작은 아파트를 배정받았다.

학철이 아버지는 퇴근할 때마다 배낭에 모래와 시멘트를 져 날라 집을 완성했다. 집이 어느 정도 모양을 갖춰 가던 깊은 밤이었다.

술에 취해 비칠거리며 일어나 화장실 문을 연다는 것이 베란다 문을 열었다. 베란다에 오줌을 눈 다음 그대로 걸어 나갔다. 그리하여 2층에서 떨어졌다.

날이 푸름푸름 밝을 무렵 학철이 엄마가 눈을 뜨니 곁에서 자던 사람이 없다. 화장실 문을 열어 봐도 없고 베란다 문이 열렸기에 뛰어 내려가 보니 그래도 사람이 없다.

학철이 아버지는 떨어져서 다리가 부러졌는데도 절룩거리며 어디론가 정처 없이 걸어갔다. 술에 취해 말이다.

맴맴 매미가 울고 장마철이 한창일 때 학년 말 시험이 시작되었다.

'김일성 원수님 혁명 활동' 과목과 국어 시험이 끝나고 산수 시험을 치르는 시간이었다.

땡땡… 45분 시작종이 울리는데 긴장되며 가슴이 세차게 두근거렸다.

내 곁에 앉은 영식이는 1안, 나는 2안이었다.

1안과 2안의 시험 문제는 다른데도 영식이는 내가 자기 시험지를 곁눈질해 볼까 봐 새침해서 한 손으로 시험지를 가리고 썼다.

그러는 영식이가 한없이 미웠다.

계산 문제는 풀 수 있었으나 응용 문제는 알쏭달쏭했다.

좀처럼 머릿속에 답이 떠오르지 않는다.

응용 문제 1. 개미 두 마리가 짐을 끌고 갑니다. 3마리가 합세했고 다시 4마리가 합세했습니다. 짐을 끄는 도중 두 마리는 떨어져 나갔습니다. 나머지는 몇 마리입니까? 답. 하고 쓰여져 있었다. 난 손가락을 꼽아 보고 또 꼽아 봐도 도무지 답이 떠오르지 않았다. 까만 칠판 위에 걸린 사진틀 속에서 원수님이 내려다보고 있었다.

난 생각했다. 원수님께서 손가락을 펴 들어 답을 알려 줬으면… 그러면 얼마나 좋을까?

시험이 끝나고 성적증을 타는 날이었다.

성적증은 학부모가 와야 내주었다.

다른 아이들은 멋진 아버지가 온 아이들도 있고 엄마가 온 아이들도 있었다. 선생님이 교단에서 한 아이, 한 아이 이름을 부르며 성적증을 내주었다.

선생님이 한영수 했을 때 어깨에 별을 달고 멋진 군복을 입은 영수 아버지가 예 하고 석쉼한 소리로 대답하며 앞으로 씩씩하게 걸어 나가 성적증을 받았다.

선생님은 영수 아버지에게 두 손으로 공손히 영수 성적증을 내밀며 "최우등입니다. 영수가 공부를 참 잘했습니다." 하고 칭찬해 주었다. 엄마가 오지 않은 난 맨 뒷자리에 죄지은 것처럼 우두커니 서 있었고 그러다 성적증을 받지 못하고 집으로 돌아왔다.

엄마는 내가 공부를 못해 부끄럽다며, 그래서 성적증 받으러 갈 수 없다고 말했다.

다음 날부터 한 달간의 여름 방학이 시작되었다.

난 엄마에게 함흥 외갓집에 가겠다며 졸랐다.

9살 나는 신나게 기차를 타고 함흥 외갓집에 가는 것이 소원이었다. 그것은 공부를 잘하여 최우등하는 것보다 더 큰 바람이었다.

동생이 태어나기 전이었는데, 엄마 등에 업혀 증기 기관차를 타고 함흥으로 가던 생각이 어렴풋이 났다.

외삼촌 결혼식 때였다. 그때 외갓집은 시내 외곽이었는데 본궁이란 곳이었다. 외할머니는 뽀뿌림 몸뻬를 걷어 올리고 진흙탕길로 소를 몰고 마중 나오셨는데 소달구지가 철교 밑을 빠져나가 웅덩이에 고인 흙탕물 속을 지날 땐 달구지 짐 속에 앉은 내가 휘청거렸다.

내가 앞뒤로 휘청거릴 때 외할머니가 흙탕물에 빠지며 위랴- 위랴- 했다. 그다음 난 또다시 잠이 들었다.

높은 둔덕에 올라앉은 외갓집은 대사 준비로 분주했다.

해안가 항구 도시에선 해산물이 특산품이었다.

엄마는 한 달 전부터 준비한 그 절이고, 말리고, 찌고 데친 해산물을 한가득 외갓집 정지방에 펼쳐 놓았다.

외할머니 앞에는 뻘겋게 데친 커다란 문어 다리 한쪽이 썰어져 하얀 접시에 담겨져 있었다.

외할머니는 그 문어 다리 한 점을 입에 넣고 잘근잘근 씹으셨다. 외할머니는 틀니를 하셨는데 꼭꼭 씹을 때마다 딱- 딱- 소리가 났다. 그러는 외할머니를 빤히 쳐다보는데, 그 소리가 너무 재미나고 신기했다. 엄마는 자른 문어 다리 한 점을 입에 넣으시고 딱- 딱- 소리를 내시며 꼭꼭 씹으시는 외할머니를 불안하고 근심어린 눈길로 쳐다보더니 얼굴을 잔뜩 찌푸리고 "오우, 나는, 엄마. 언치겠소." 했다. 작은 마당엔 공동 수도가 있었다.

난 예쁜 물컵을 들고 수돗가에서 물을 받고, 쏟고 하며 재미나게 혼자 놀고 있었다. 어린 마음에 그 고뿌가 참 예쁘고 맘에 들었다. 그 고뿌는 중국산이었는데 철제품이었고 하얀 칠을 한 표면에 빨간 목단꽃이 그려져 있었고 빨간 한자체가 쓰여져 있었다.

내가 또다시 물을 받아 마시고 쏟고 할 때 외사촌인 광일이가 갑자기 다가오더니 작은 손에 든 고뿌를 확 잡아채 가지고 달아났다. 난 앙- 하고 울며 발부둥쳤다.

광일이는 그 우는 모양새가 우습고 재미있었던지 메롱- 하고는 그러는 나를 더 약올렸다. 난 자지러지게 울었다.

고뿌 줘- 내 거야- 하고 말이다. 그때 이모님이 나오셨는데, 이모님은 얼굴을 잔뜩 찌푸리고 광일이를 노려보며 "야, 이놈아. 못 주겠니? …얘한테 얼릉 줘. 주라니깐." 했다. 광일이는 그러는 엄마와 발부둥치며 우는 내가 더 재미있다는 듯 히히거리며 달아났다.

그때 내가 5살, 광일이가 7살이었고 1963년 가을이었다.

칭얼대며 떼쓰는 나에게 엄마는 흥 하고 콧방귀를 뀌더니 "쪼끄만 게 어디를 간다고 그러니? …집도 모르면서. 그 먼 데를 찾아갈 것 같니?" 하였다.

난 며칠 동안 떼쓰며 엄마에게 "갈 수 있어. 진짜야. 믿어 줘." 하였고 그 말을 100번도 더 했다.

그러는 나에게 엄마는 "정말 찾아갈 수 있겠니?" 하더니 "외갓집 주소를 말해 봐." 하였다.

난 "함경남도 함흥시 성천구역 상신흥동 6반. 4층 8호. 전해룡." 하고 또박또박 대답했다.

드디어 엄마의 허락을 받아 내던 날, 엄마는 "역 광장에서 사거리를 지나 대도로를 따라 30분 정도 곧게 걸으면 고등물리학교가 나온다. 그 학교는 4층 건물이야. 도랑을 사이에 두고 대칭되게 서 있는 아파트야."

엄마는 창고에 파묻은 독에서 소금에 절인 수산물을 꺼내어 물기를 꼭 찌운 다음 비닐봉다리 몇 겹으로 정성껏 포장하여 군용 배낭에 넣어 주었다. 그리고 허리춤에서 쌈짓돈을 꺼내더니 "이 돈은 어디다 넣겠니. 배낭에 넣지 말고 몸속 깊숙이 간직해야 해. 만약에 쓰리(소매치기) 맞히면 오도 가도 못한다." 하였다. 곰곰이 생각하던 엄마는 "바지 벗어." 하고는 빤쯔(팬티)에 주머니를 만들어 달고 그 속에 꼬깃꼬깃한 돈을 넣어 주었다.

드디어 난 묵직한 배낭을 메고 발걸음도 가볍게 집을 나섰다.

청진-갈마행 완행 열차는 해 질 녘에 있었다.

널따란 역 대합실에는 여행길에 오른 사람들로 인산인해를 이루었다.

"함흥에 도착하면 곧바로 체신소(우체국)에 들어가 무사히 도착했다는 전보를 쳐야 한다. 꼭 쳐라. 알겠니?"

엄마는 몇 번이나 다짐받았다.

콩나물시루 같은 열차에 몸을 실은 난 함흥까지 꼬박 서서 가야 했다. 시간이 지날수록 허리가 아프고 다리가 아파 주저앉을 것만 같았다.

달리는 차창 밖으로 산과 바다가 보였다. 농가들과 풀을 뜯는 소들도 스쳐 지나갔다.

열차 방송에선

…달려라 달려라 열차여 달려라

기적 소리 울리며 사랑하는 수도로….

하는 노랫소리가 흘러나왔다. 그렇게 하룻밤 꼬박 한자리에 서서 달리니 차창 밖으로 푸름푸름 여명이 밝아 왔고 해가 떠올랐다.

열차가 함흥역에 들어섰을 땐 오전 11시경이었다. 수많은 사람들이 한꺼번에 쏟아져 내렸다. 좁은 개찰구를 먼저 빠져나가겠다며 밀고 당기며 아우성치는 인파 속에 낀 나는 죽을 뻔 했다.

앞뒤, 사방에서 무거운 배낭을 멘 내 작은 체구를 압박했다.

난 두 손으로 힘껏 무섭게 짓누르며 압박하는 어른들을 밀었다.

꿈쩍도 안 했다. 눈앞이 캄캄했고 숨을 쉴 수가 없었다.

그때 내 작은 가슴에서 *끄드득…* 하는 작은 울림이 온몸에 전해졌다.

후에 안 일이지만 수많은 인파 속에 낀 나는 어른들의 짓눌림 속에 앞뒤로 압박당하면서 갈비뼈가 부러졌다.

9살 내 뼈는 말랑말랑했고 무쇠 같은 어른들의 골격에 압착당하며 그렇게 부러졌던 것이다. 그때 난 갈비뼈가 부러진 걸 몰랐다.

이따금씩 숨을 들이쉴 때나 작은 몸짓으로 상체를 비틀 때마다 왼쪽 가슴이 따끔따끔 아팠다. 그 아픔은 가슴속에서 나무 꼬챙이로 폐부를 콕콕 찌르는 것처럼 아팠다. 그때마다 몹시도 울적했고 기분이 안 좋았다.

그렇게 아픔은 1년이 넘도록 지속되었다.

난 무엇으로 콕콕 찌르는 것처럼 가슴이 따끔따끔 아프고 기분이 안 좋을 때마다 "가슴이 아파. …왜 이런지 모르겠어. …혹시 갈비뼈가 부러지지 않았을까?" 하고 엄마에게 말했다. 그런데도 엄마는 귓등으로 들으며 병원에 데리고 갈 생각 같은 건 하지도 않았다.

세월이 아득히 흘러 어른이 되었고 또 세월이 아득히 더 흘러 내가 서울에 왔을 때 하얀 가운을 입은 의사 선생님은 나를 보고 "갈비뼈가 부러졌었네요. …절로 붙었구요." 하였다.

예로부터 함흥 사람들은 길손들이 길을 물으면 친절하게 잘 가르쳐 준다고 알려졌다. 정말 그랬다. 외갓집을 찾지 못해 길을 물었을 때 아이들이건 어른들이건 친절하게 안내해 주었다.

난 정오가 지난 저녁 무렵까지도 집을 찾지 못했다.

햇빛이 쨍쨍 뜨겁게 내리쬐는데 엄마가 가르쳐 준 고등물리학교를 몇 바퀴나 돌았다. 점점 더 무겁게 처져 내리는 배낭에서는 소금물이 뚝뚝 떨어졌고 바지 뒷자락은 소금물이 떨어져 마르며 허옇게 뻣뻣해졌다. 도랑 하나를 사이에 두고 고등물리학교와 대칭되는 아파트라 했는데 그 아파트는 상신홍동 6반이 아니었다.

복도식으로 된 구식 아파트들엔 양쪽 옆면 1층 높이쯤에 21-16, 이런 번호가 붙어 있었는데 어린 나는 그 번호들이 동을 표기한 수일 거라고 생각했다.

그렇게 생각했으니, 6이라는 숫자가 나붙은 아파트는 어디에도 없었다.

밤새 똑바로 서서 열차 행군을 했고 먹을 건커녕 물 한 모금 마시지 못했고 사람들 틈에 끼여 갈비뼈가 부러졌고 소금물이 뚝뚝 흘러내리는 무거운 물고기 배낭을 메고 종일 걸었으니 기력이 깡그리 소모되어 쓰러질 것만 같았다.

생각해 보니 아침도 점심도 굶었다. 물 한 모금 마시지 못했다. 난 지쳐 버려 길가 아파트 모서리에 기대서 멍하니 오가는 사람들을 바라보았다. 소금물이 그렇게 흘러내리는 배낭을 잠시나마 내려놓을 생각도 하지 못한 채… 그렇게 석양이 지고 있었다.

한참 서 있는데 두 남자애가 양손을 앞으로 하고 포승줄에 묶이어 안전원(경찰)한테 끌려가고 있었다.

중학생쯤으로 보였다. 그중 한 애가 머리를 돌리더니 힐끗 나를 바라보았다. 그런데 그 애는 광일이었다.

광일이는 쌍둥이 형보다 한 살 아래이고 나보다 3살 많았으니 중학교 1학년, 12살이었다. 광일이는 함흥 이모님의 장남이다. 광일이는 이모부를 빼닮았는데 목소리가 좋고 잘생기고 노래를 잘했다. 노래뿐만 아니라 바이올린도 잘 탔고 겨울이 되면 피겨 스케이트도 잘 탔다. 게다가 성격이 활달하고 씩씩하고 유머도 많아 식구들과 주변 사람들이 배를 쥐고 웃게 했다.

학교에서는 음악 소조와 체육 소조에서 서로 경쟁하듯 재능이 많은 광일이를 쟁취하려고 하였고 겨울이 되면 체육 선생님이 음악 소조에서 노래부르고 바이올린을 타는 광일이를 빼내려고, 여름이 되면 음악 선생님이 체육 소조에서 피겨 스케이트를 타는 광일이를 빼내려고 설득하고 다독였다. 겨울 방학 때 장진호반에서 있는 전국빙상대회, 함경남도 피겨 스케이트 선수로도 출전한 광일이는 팔방미남이었다.

뿐만 아니라 깡패였다. 그리하여 이모 속을 그리도 썩였다.

지금도 어릴 적 광일이가 부르던 노랫소리가 귓가에 들려오는 듯하다.

그 여름 방학 때 광일이는 기차를 타고 청진 이모집으로 놀러 왔다.

그때는 아버지도 살아 계실 때였다.

문을 활짝 열어 놓고 둥그런 밥상에 둘러앉아 저녁 식사를 마친 뒤였는데 광일이는 식구들 앞에서 노래를 불렀다.

첫 번째 노래가 끝났을 때 마을 사람들이 하나, 둘, 문 앞에 모여들었다. 아이들은 서로서로 어른들 틈으로 머리를 디밀며 더 가까이에서 광일이를 본다며 법석이었다.

그때 광일이가 재청으로 부른 노래는 유명한 가수였던 김정덕이가 부른 노래였는데 이런 노래였다.

　　　대동강 맑은 물결 춤추며 흘러
　　　옥류교 억센 기둥 감돌아드네.
　　　춤추며 노래하자 우리 옥류교
　　　천리마 나래 펼친 기적의 다리

광일이는 이모가 어렵게 얻은 자식이었다.

함흥 이모는 대단한 미인이었다.

내가 군 복무 때 포병부 사령관 저택에 잠깐 들어간 적이 있었다.

사모님은 심심할 텐데 사진이나 보라며 두툼한 사진첩을 내놓았다.

한 장 한 장 넘기며 사진 속 모습들을 들여다보던 나는 깜짝 놀랐다.

양태 머리를 딴 이모님의 처녀 때 사진이 붙어 있는 것이다.

분명 함흥 이모였다. 난 사모님에게 이 사진 속 처녀하고 어떻게 되는 사이냐고 물었다. 그러자 사모님은 누군지 모르겠는데 하도 너무 고와 붙여 놓았다고 했다.

내가 이모라고 하니 깜짝 놀랐다.

이모는 결혼하여 오래도록 자식이 없었다.

그리하여 물을 떠놓고 치성도 드려 보고 했지만 소용이 없었다.

그러던 중 애육원에서 갓난아기를 데려다 키웠다.

남자아이였다. "남자들은 모르더구나. 남자들은 뭘 몰라서 얼마든지 속일 수가 있어. 언니가 갓난아기를 데려다 키우는데 오래도록 외지에 나가 있던 아저씨가 돌아온 거야. 언니는 아기를 안고 자기가 낳았다고 했어. 그러자 아저씨는 딱 곧이듣더구나. 얼마나 좋아하던지. 아저씨가 말이야. 아기를 안고 어르며 싱글벙글 웃으며 그리도 좋아하는 거야. 그런데 그 아기가 돌이 지나기 전에 죽었어. 그렇게 울더구나. 네 이모 말이다. 네 큰누나인 영애가 두 살 때였어. 그땐 쌍둥이들도 태어나지 않았을 때였고 독진에서 살 때였어. 우리 집에 놀러 온 네 이모가 영애를 안고 달라는 거야. 자기가 친딸로 키우겠다며… 그래서 생각 끝에 주었어. 네 이모에게 말이다. 출장 갔다 돌아온 네 아버지가 그렇게도 서운해하더구나. 영애를 데려다 키우면서 젖도 물리고, 그래서인지 이듬해 광일이를 낳았어. 그 밑으로 길선이, 광선이, 옥선이까지 낳았고." 엄마의 말이었다.

포승줄에 묶이어 끌려 가는 광일이와 눈이 마주쳤을 땐 석양이 완전히 진 무렵이었다. 나는 반가움에 씩 웃었고 광일인 "조금만 기다려. 금방 올게." 하고 소리쳤다.

조금 시간이 지났을 때 아파트 모퉁이로 달려오는 광일이의 모습이 보였다. 두 손은 자유로워졌다.

난 "어떻게 풀려난 거야?" 했고 광일인 "도망쳤어. 따라 걷는 척 하다가 길을 꺾어들 때 도망쳤어." 하고는 하하하… 웃었다. 외할머니 집과 이모네 집은 도랑 하나를 사이에 두고 있었다. 이모네가 사는 도랑 이쪽은 회상 구역, 외할머니네가 사는 도랑 저쪽은 성천 구역이었다. 외할머니는 "세상에, 네가 정말로 그 먼 길을 혼자서 왔단 말이냐… 이 쪼끄만 게." 하면서 믿기지 않는 듯 연신 머리를 쓰다듬어 주었다.

함흥 의과대학을 졸업한 아지미(외숙모)는 의사였다.

"네 아버지가 책을 빌리러 온 아랫집 대학생 처녀를 보고 좋다 하여 네 외삼촌과 맺어졌어." 엄마의 말이었다.

아지미 집안은 학자 가문이었다.

홍식이라는 유명한 화학자가 있었는데 〈삼천리 금수강산〉이란 잡지에 크게 난 사진을 본 기억이 있다.

아지미는 8남매 중 막내딸이었고 이름이 홍이였다. 홍식은 6.25 때 유명한 비날론 원사이며 박사인 이승기와 그의 가족을 서울에서 평양으로 데려온 공로를 인정받았고 그 후배라 했다. 맑게 갠 날, 아지미는 나를 데리고 친정집으로 갔었다. 아파트였는데 칠순이 넘으신 노부가 혼자 계셨다.

아지미는 나를 인사시켰는데 엄마 말에 따르면 명치대를 졸업한 학자라 했다. 6.25 때 오빠 한 분은 인민군 군관이었고 또 다른 오빠 한 분은 국군 장교였단다. 두 오빠는 서로 총구를 겨누고 남으로, 가자… 북으로, 가자… 했단다.

일요일이었는데 인공 폭포 아래 잉어가 헤엄치는 경치 아름다운 반룡산으로 소풍갔었다. 그곳에서 6살이던 일준이와 3살이던 혜란이와 함께 셋이서 찍은 사진이 있었다.

그 사진이 유일한 나의 어릴 적 사진이었다.

소풍 다녀온 다음 날 아침 일어났을 때 내가 코피를 흘렸는데 외할머니는 "애를 종일 끌고 다녀서 코피가 나는 거야." 하시며 아지미를 나무랐다.

4

눈 오는 겨울밤. 등잔불 깜빡이는 나지막한 방에서 엄마의 이야기는 끝없이 이어지는데 스피커에서는 〈눈이 내린다〉의 노랫소리가 작게 흘러나온다. 초저녁 먹은 죽이 배 속에서 꺼진지도 오랜데 잠을 이룰 수 없다. 아마도 배가 고파 잠들 수 없었으리라.

그래서일까? …귓가에 고요히 들리는 숭엄한 노랫소리는 그 밤 따라 더 서글프게 가슴을 파고들었다.

눈이 내린다 흰 눈이 내린다
빨찌산 이야기는 이 밤도 깊어 가는데
불 밝은 창문가에 흰 눈이 내린다.

어떤 사람은 눈을 보고 즐거워하고 어떤 사람은 눈을 보고 서러워한다.

스피커에서는 눈 내리는 밀림을 이야기하고 엄마는 흘러간 옛 추

52

억을 이야기한다.

"용정엔 일본군 사령부가 있었는데 난 타자수였어. 그때 19살이었지. 관리자 대위였는데 조선 청년이었어. 그와 결혼했고, 이듬해 해방이 되었어. 그렇게도 설득하더구나. 서울로 나가자고. …나 때문에 못 나갔지. 혈육들과 떨어지지 못하겠더구나. …그때 남으로 나갔더라면 그렇게 되지 않았지. …정치 범인으로 잡혀갔으니깐. …혼자 두만강을 건너 회령으로 나왔어. 갓 태어난 영숙이를 업고 말이야. 회령에서 네 아버지를 만났어. 영숙이는 살아 있는지. …아마도 세상에 없는 애나 봐. 살아 있다면 찾아오겠는데 …왜 소식이 없겠어? …제 아버지처럼 정치 범인으로 잡혀가지 않았는지 모르겠어. …조선으로 나오기 잘했어. 중국에 그냥 남아 있었더라면 문화 대혁명 때 잘못됐겠지."

스피커에서 "청취자 여러분. 이상으로 조선중앙방송을 끝마치겠습니다." 하니 벽시계가 땡- 땡- 하고 11점을 친다. 돌아누우며 "엄마, 나낼 벤또(도시락) 싸야 해." 하니 엄마는 난감한 표정이다. 엄마는 아침밥을 지을 때 가마솥 밑에 시래기를 깔고 그 우에 강냉이(옥수수)쌀을 씻어 안친다. 그다음 입쌀은 두 고뿌 정도 제일 우에 안친다. 밥이 다 되면 밥 식기에 아버지 밥을 먼저 퍼 담는다. 그다음 3살인 동생 밥을, 그다음 도시락을, 그다음 식구들의 아침과 점심밥을 따로따로 푼다. 아버지 밥과 동생 밥은 하얀 이밥으로, 도시락은 누런 강냉이쌀에 입쌀이 드문드문 보이게 푼 다음 와락와락 섞는다.

내 앞에 놓여진 밥그릇엔 하얀 입쌀이 한 알도 보이지 않고 시커먼 시래기와 거친 강냉이뿐이다.

그런 밥은 깔깔하여 목구멍에 잘 넘어가지 않는다. 우물우물 씹어 꿀꺽 삼킨 다음 뜨거운 된장 국물을 한 숟가락 떠 입안에 넣어야 가까스로 목구멍으로 넘길 수 있다.

돌이 지났던지, 안 지났던지 영순이는 배고파 자지러지게 울었다. 창밖은 어둠이 내렸는데 엄마는 돌아오지 않는다. 하루 일이 끝나면 월요일은 강연회, 수요일은 정치 학습, 금요일은 생활 총화 날이다.

아버지는 자지러지게 우는 애기를 안고 어쩔 줄 몰라 쩔쩔매며 가마목에 종이를 태우며 안죽을 끓인다.

뜨거운 하얀 죽을 숟가락에 조금 떠 후- 후- 분 다음 보채며 우는 애기 입에 넣어 보려 하지만 영순이는 울기만 할 뿐 좀처럼 받아먹으려 하지 않는다.

영순이가 아장아장 걸을 때 아버지는 크- 크- 웃으시며 두 팔을 벌리신다. 영순이는 부끄러워 작은 머리를 갸웃이 기우고 작은 몸을 살랑살랑 흔든다.

영순이는 작은 자기 밥그릇을 안다. 엄마가 가마솥에서 자기 밥을 풀 때면 둥그런 밥상 앞에 숟가락을 쥐고 앉아 눈물이 가랑가랑한 눈빛으로 바라본다. 그러다 엄마가 밥그릇을 내밀면 두 손으로 덥석 받는다. 작은 손에 어설프게 숟가락을 쥐고는 금방 자기 밥그릇을 비운 다음 빈 그릇을 빡빡 긁는다. 그러며 아버지 밥그릇을 바라본다.

아버지가 밥을 떠 입으로 가져가면 머리를 쳐들어 아버지 얼굴을 처다보고 숟가락을 내려 밥 식기로 가져가면 고개를 숙여 아버지 밥그릇을 바라본다.

그렇게 영순이는 아버지가 식사를 마칠 때까지 연방 아버지의 밥술을 따라 머리를 오르내린다.

아버지가 식사를 마치면 얼른 두 손으로 아버지 밥 식기를 집어 든다. 그다음 아버지가 조금 남긴 밥을 허겁지겁 퍼먹는다.

영순이는 아버지가 퇴근하면 아버지에게 매달리며 아버지 가방부터 뺏어 든다. 그리고는 도시락을 꺼내 들고 아버지가 조금 남겨 온 밥을 두 손으로 퍼먹었다.

아버지는 그러는 영순이를 위해 매일 도시락에 밥을 조금씩 남겨 오셨는데 그날따라 빈 도시락이다.

아버지 가방을 뺏어 들고 도시락을 풀어헤친 영순이는 빈 도시락을 든 채로 으앙- 하고 울음을 터뜨렸다.

일 나간 엄마를 기다리다 잠이 들고 깨선 또 울고, 창밖에선 가을바람에 낙엽이 흩날렸다. 난 영순이의 손을 잡고 엄마 공장으로 걸었다. 길섶에 핀 코스모스를 꺾어 영순이 손에 쥐어 주고 차가운 가을바람에 벼랑 틈으로 숨어든 똥벌을 잡으며 아장아장 걸었다.

엄마는 상가대에 올려놓은 높다란 목선 우에서 일했다. 점심시간 공장 로동자들에게 국을 끓여 주는 구내식당과 잇닿은 경사진 바닷가 쪽에 판자로 얼기설기 지어 놓은 돼지우리가 있었다. 서향의 햇빛을 받으며 어미 돼지와 새끼 돼지들이 배불리 먹고 자고 있었다.

영순이와 나는 뚱뚱한 어미 돼지와 새끼 돼지들을 한참 들여다보다 돼지우리 가장자리에 지천인 능쟁이를 뜯어 곤히 자고 있는 돼지들에게 던져 주었다. 어미 돼지는 잠을 깨 꿀꿀거리며 연둣빛 능쟁이 풀을 쩝쩝거리며 잘도 먹었다. 새끼들도 놀라 일어나 어미처럼 먹는 연습을 하였다. 영순이는 …아이, 귀여워라 하면서 손가락으로 새끼 돼지들을 한 마리, 두 마리 하고 세었다. 셋까지 세고 그다음 나를 쳐다본다. 영순이는 시계 볼 줄도 모르고 셋까지만 알기 때문이다.

돼지우리 가장자리에는 작은 재무지가 있었는데 거기엔 까만 깜태들이 열려 있었다. 깜태를 따 입에 넣으면 새콤, 달콤 맛있었다. 난 그런 깜태를 따 영순이의 작은 손 안에 놓아주었다. 그러면 영순이는 눈물이 가랑가랑한 눈으로 나를 빤히 쳐다보며 까만 깜태 한 알을 집어들고 작은 입에 넣었다. 다음 날에도, 그다음 날에도 영순이와 나는 귀여운 돼지들이 보고 싶어 손잡고 엄마 공장으로 향했다. 그런데 그날 밤 영순이와 내가 깊이 잠들었을 때 세찬 비바람과 함께 태풍이 휘몰아쳤다.

집 마당, 판자로 지은 창고와 창고 옆에 붙여 지은 개집이 통째로 급물살에 떠내려갔다.

잠을 자던 누렁이도 함께 떠내려갔다. 영순이만 졸졸 따라다니던 누렁이였다. 영순이는 누렁이가 떠내려간 바다 쪽을 한참 바라보고 섰다. 그런데 집 앞 개울물이 줄고 세 밤 지났을 때 죽은 줄로만 알았던 누렁이가 삐쩍 말라 가죽만 남은 모습으로 살아 돌아왔다. 바닷가 백사장과 잇닿아 있는 야산을 에돌아 집을 찾아온 것이다. 영순이를 본 누렁이는 꼬리를 흔들며 달려왔다. 영순이는 누렁아… 하며 꼭 끌어안았다.

파란 하늘가에 곱게 비꼈던 쌍무지개가 걷히고 종달새가 지저귀며 노래하고 살랑이는 바람결에 꽃 내음이 실려 올 때 영순이와 나는 손을 잡고 또다시 엄마 공장으로 향했다. 눈앞에 귀여운 돼지들이 어른거렸다.

"새끼 돼지들이 많이 컸을 거야."

영순이는 공장 유치원에서 배운 노래를 불렀다.

우리 집 똘똘이네 귀여운 형제
잠만 깨면 꿀꿀꿀
잘도 먹지요

그런데 돼지우리와 어미 돼지, 새끼 돼지들은 흔적도 없이 사라졌다. 집채 같은 파도에 말끔히 씻겨 나간 것이었다.

나와 영순이는 노을이 붉게 지는 서쪽 하늘가, 그 붉은 빛에 일렁이는 무심한 바다를 오래도록 바라보고 섰다.

밤이나 낮이나 온 정신이 먹는 데만 가 있는 나에게 쌍둥이 형은

"게거리… 먹새…." 했다. 돌잔치 때 책, 주산, 돈, 쌀, 떡이 놓였는데 어른들이 까르르 웃고 손뼉치며 "우리 애기 뭘 줄까?" 했을 때 색동저고리를 입은 난 생일상을 보고, 작은 머리를 들어 앞에 앉은 그러는 어른들을 본 다음, 다시 생일상을 보더니 떡을 덥석 쥐었다는 것이다. 그래서 내가 돌잔치 때 생일상에 놓인 떡을 쥐어 온 정신이 먹는 데만 가 있다며 게거리, 먹새라고 놀렸다. 나는 돌잔치 상에 놓인 떡을 쥐었지만 동생 영순이는 주산을, 영학이는 돈을, 막내동생 영철이는 쌀 한 움큼 쥐었단다. 그리고 두 쌍둥이 형, 그러니까 자기들은, 쌍둥이 큰형은 10원짜리 돈을, 쌍둥이 작은형은 1원짜리를 쥐었다는 것이다. 그때 어른들은 까르르- 웃으며 "아이유… 쌍둥이 둘 다 돈을 쥐었으니 이다음 어른이 되면 틀림없이 잘 살겠꾸마." 했단다. 내가 떡을 쥐었을 땐 자기들이 돈을 덥석 쥐었을 때와 달리 까르르- 웃고 손뼉을 치지 않았다는 것이다.

첫돌 생일상에 놓인 떡을 쥐어서인지 난 눈을 뜬 아침부터 밤이 되어 잠들 때까지 온통 먹을 생각뿐이었다.

7살 나는 가마목에 앉아 멍하니 창밖을 내다보다 살그머니 찬장을 열고 알루미늄 도시락을 꺼냈다. 도시락 속엔 소금에 절인 치어(명태 새끼)가 가득 들어 있었다. 난 두툼한 이불을 덥고 정지방에 누운 아버지가 깰세라 살그머니 도시락 뚜껑을 열었다.

한 마리, 두 마리, 세 마리, …네 마리째 쪄낸 절인 치어를 입에 넣었을 때, 많이 짜거웠다. 그러나 맛있었다.

다섯 마리… 열 마리… 마지막 13마리를 다 먹고 입맛을 다실 때 뒤에서 아버지가 크- 크- 웃는 소리가 들렸다.

난 깜짝 놀라, 큰 죄를 지은 것처럼 겁먹은 눈으로 아버지를 머리 돌려 쳐다보았다. 그때 아버지는 빈 도시락을 들여다보시며 크- 크- 또다시 크게 웃으신 다음 "아니, 네가 그 짠 걸 다 먹었니?" 한 다음 크- 크- 크- 웃으셨다.

늦가을이 되었을 때 아버지는 작은 텃밭에 마늘을 심고 톱밥을 덮었다. 겨울이 되니 흰 눈이 두텁게 덮였다.

이른 봄이 오니 눈이 녹았다. 아버지가 톱밥을 걷어 낼 때 혹독한 겨울을 이겨 낸 마늘에서 연둣빛 새싹이 뾰족뾰족 돋아났다. 여름이 되니 잎이 푸르러지고 쫑이 났다. 엄마는 마늘쫑을 잘라 된장과 함께 밥상에 놓았다.

가을이 되었다. 석양이 지려할 때 아버지는 호미를 들고 마늘 수확을 하셨다. 나한테도 호미를 쥐어 주었다. 아버지는 앞에서, 난 뒤에서 쭈그리고 앉아 마늘을 파냈다. 그러다가 난 금방 파낸 굵은 마늘 한 알을 껍질 벗겨 입에 넣고 꾹꾹 씹어 삼켰다. 많이 매웠지만 참을 만했다.

그런데 배 속이 엄청 쓰렸다. 한참 참으며 꿈틀거리다 웩- 하고 토했다. 눈물이 찔끔 났고 콜록- 콜록- 하고 삼킨 마늘을 토해 낼 때 아버지가 뒤돌아보더니 크- 크- 웃으셨다. 그날 밤 멀건 죽물로 끼니를 때우고, 저녁을 언제 먹었던지, 작은 배에 기별도 없을 때 작은 창으로 달빛이 비쳐 들었고 그 희끄무레한 빛을 따라 둥근 달을 쳐다보며 또다시 먹을 생각만 할 때 쌍둥이 형은 "야, 이 게걸아." 하더니 "넌 돌잔치 때 떡을 쥐어 그렇게 온통 먹을 생각만 해." 했다. 내 생일이 양력으로 1959년 10월 27일이고 영순이 생일이 1964년 3월 15일이니 아마도 영순이 돌잔치였을 게다. 엄마는 가난한 살림에도 자식들 돌잔치는 꼭 치렀다.

단오모시(게 부은 쌀) 쌀을 받은 저녁이었다.

엄마는 희끄무레한 불빛 아래서 됫박으로 한 됫박, 두 됫박… 하고 입쌀을 대본 다음 "꼭 두말(1말은 10kg)이네." 했다.

발효시킨 누룩이 부글부글 끓을 때 독에 귀를 대보며 "꿀럭, 꿀럭 끓는 소리가 나네. …당신도 귀를 대보우." 했다.

아버지가 술 뽑는 기계를 빌려 오셨고 부엌에 불을 때며 술을 뽑을 땐 남들이 다 잠이 든 깊은 밤이었다.

작은 창엔 빛이 새 나가지 못하게 두꺼운 담요를 쳤다.

들통 나면 비판 대상이 되기 때문이다. 큰 가마솥이 부글부글 끓고 신기하게도 맑은 술이 쪼르륵- 쪼르륵- 떨어질 때 엄마는 잔에 받아 아버지에게 건네며 "당신 맛을 봐요. 몇 도나 되는가?" 했고 아버지는 음미해 보시더니 "이크. 엄청 독하네. 한 60~70도는 되겠는데." 하신다.

내가 까무룩 졸다 눈을 떴을 땐 웅웅- 기계 소리가 들리는 기계 방앗간이었다. 희끄무레한 불빛 아래 국수 기계에서 기계 떡이 뽑아져 찬물에 담가졌고 엄마는 내리는 기계 떡을 가위로 썰었다. 떡 하나를 집어 내 손에 쥐여 준다.

다 내리고 뽑은 국수와 떡을 리어카에 가득 싣고 엄마와 누나가 끌고 5살 난 그 위에 앉아 졸다 눈을 떴다.

대도로 포석길인데 사르륵- 사르륵- 바퀴 소리가 들리고 새벽이 가까워지는 것 같았는데 밤하늘에 아기별이 반짝이고 휘영청 밝은 달이 앞길을 비춰 주었다.

밤길은 한없이 고요했다. 집에서 기계 방앗간까진 5리가 넘는 먼 거리였다. 난 밝은 달을 쳐다봤다.

그런데 그 달이 따라오는 것 같았다.

돌잔치 날, 집 안팎은 흥성거렸고 동네 어른, 아이, 할 것 없이 다 청했다. 아이들은 오랜만에 손에 떡을 쥐고 좋아라 마당에서 뛰놀고 고소한 음식 냄새에 개들도 꼬리를 흔든다.

영순이는 색동저고리를 입고 방긋방긋 웃었다. 내가 소학교 3학년, 그러니까 1971년 겨울이었던 것 같고 아버지 생일이 가까워졌을 때였다.

아버지 생일은 양력으로 2월 18일이었다.

엄마는 아무리 쌀이 없어도 아버지 생일엔 꼭 떡을 하셨다. 전날 엄마는 출근하면서 떡쌀을 불려 놓으셨다.

아버지는 떡은 무슨 떡을 한다며 그러느냐며, 이 쌀이면 아이들 밥이라도 한 끼 더 해 먹이겠다 하시며 그 쌀을 도로 건져 내시어 말리셨다. 그리고 그해 여름 갑자기 세상을 뜨셨다. 그때 내가 12살, 막내 동생이 돌이었을 때였다.

그렇게 아버지는 49세에 올망졸망한 일곱 형제를 남겨 두시고 말 한마디 없이 조용히 가셨다. 돌이 된 영철이는 옆집 삼순이 등에 업혀 배고파 울다 지쳐 울음소리가 모깃소리만 하고.

엄마는 아버지 영정을 붙들고 "아이고… 불쌍해서 어쩔까? …그렇게도 살겠다고 애쓰더니 …불쌍해서 난 어쩔까?" 하시며 처량하게 슬프게 우셨다.

> 기러기야 기러기야
> 너 어데로 날아가나
> 엄마 찾아 날아가나
> 아빠 찾아 날아가나

깨욱- 깨욱- 기러기가 줄을 지어 서로 찾고 부르며 날고 있다.

하늘가 저 멀리, 가지런히 날아예는 기러기를 쳐다보며 영순이는 울면서 아장아장, 엄마를 찾아 나섰다.

길섶, 도랑 옹벽, 돌 틈에 피어난 노란 민들레 꽃 속에 하얀 나비가 앉았다. 영순이는 그 예쁜 나비를 잡으려고 작은 몸을 옹벽 아래로 숙였다. 팔을 뻗어 엄지와 검지로 나비를 잡으려는 순간 아래로 몸이 기울며 거꾸로 개바닥에 떨어졌다.

으앙- 자지러진 울음소리가 들렸고 행길을 걷던 할머니가 영순이를 들어 올렸다. 그런데 작은 얼굴이 피투성이였다. 마침 가까이에 항만건설사업소 진료소가 있었다.

깊은 타박상을 입은 눈가를 의사 선생님이 바늘로 봉합하는데 처녀 간호사가 "선생님, 어떻게 합니까? 얘가 여자애입니다. 흉터가 나면 말입니다." 했다.

엄마와 아버지가 달려왔고 하얀 붕대를 작은 머리에 칭칭 감은 영순이는 서럽게 울었다. 엄마가 일하는 배수리 공장 방파제 안쪽켠엔 상가대에 올려지기를 기다리는 목선들이 수리를 기다리며 정박해 있었다. 엄마는 퇴근할 때면 매일 저녁 방파제에 나가 그 목선들에서 돼지 뚱물을 받아 이고 오셨다.

엄마가 무겁게 이고 온 뚱물 속에는 어부들이 먹다 남긴 생선 토막들이 들어 있었다. 쌍둥이 작은형은 그 생선 토막을 건져내 양손에 들고 "엄마. 이거 싱싱한데 먹어두 되겠소." 하며 히히 웃었다.

엄마는 "아사라. 식중독 걸린다." 했다.

어느 날 저녁이었다. 멀건 죽물로 저녁을 때웠을 때 아버지가 퇴근하셨다. 엄마는 부엌 마루를 열고 아궁이에 다시 불을 지폈다. 그날 저녁 엄마가 이고 온 돼지 뚱물 속에는 싱싱한 수산물 내장이 들어 있었다. 엄마는 건져 낸 싱싱한 내장 속에서 어른 주먹만 한 먹음직스러운 대구알 같은 것을 두세 덩이 골라내 사발에 담았다. 난 엄마가 사발에 담은 그 불그스름한 대구알 같은 것을 찬찬히 들여다보았다.

그런데 그 알은 좀 이상해 보였다. 9살, 내 눈으로 보기엔 그랬다. 왜냐면 대구알보다 조금 더 색이 선명하고 한마디로 조금 징그러워 보였다. 엄마는 그 알을 고이 씻어 작은 가마솥에 안쳤다. 어둑어둑한 불빛 아래 아버지의 저녁 밥상이 정지방에 차려졌고 아버지는 국그릇에 담겨진 그 알을 맛있게 드셨다. 나와 두 동생은 아버지가 식사하시는 밥상머리에 둘러앉아 아버지가 맛있게 드시는 모습을 멍하니 쳐다보았다. 5살 영순이는 입을 하— 벌리고 아버지의 밥술을 따라 머리를 오르내렸다. 아버지가 국 사발에 담겨진 먹음직스러운 불그스름한 알 4개 중 2개를 드셨을 때 "쌍디 엄마 있소?" 하고 부엌문이 빠끔히 열렸다. 삼순이 엄마였다. "날래 들오우. 저녁은 드셨수?" 가마목에 앉아 있던 엄마가 반색을 하며 허리를 폈다.

삼순이 엄마는 아버지가 식사하시는 모습을 넌지시 보며 "에구머니나. 저녁 드시네요." 했고 엄마는 "어서 올라옵소." 했다. 쭈뼛쭈뼛거리며 정지방으로 올라선 삼순이 엄마는 아버지가 식사하시는, 그 국그릇을 얼핏 보았던지 좀 더 가까이 다가선 다음 "쌍디 엄마. 쌍디 아부지 드시는 국그릇 말이요. 알." 한 다음 "노데기 알 같은데? …어구머니, 노데기 알 맞구면." 했다. 그러자 엄마는 흠칫했고 아버지는 얼른 수저를 놓았고 난 삼순이 엄마 얼굴을 빤히 쳐다봤고 영순이는 아버지 얼굴을 빤히 쳐다봤고 어린 영학이는 놀란 눈으로 엄마 얼굴을 쳐다봤다. 노데기란 고기는 물메기처럼 생겼는데 예로부터 그 알을 먹으면 죽는다고 알려져 있다. 아버지는 음— 음— 입을 다시며 언짢은 눈으로 엄마를 째려봤고 엄마는 잔뜩 불안하고 겁먹은 표정이면서도 애써 태연한 척 하였다.

그러면서 "일 없을게요. …일 없을게요." 했다.

내가 생각하기에는 삼순이 엄마가 말한 것처럼 분명히 노데기 알이 맞는 것 같았다. 이제 아버지가 죽겠구나… 생각했다. 난 아버지를 잔뜩 겁먹은 눈으로 빤히 쳐다봤다.

언제쯤 죽을까? …어떻게 죽을까? …조금조금 시간이 지나는데 아버지는 멀쩡하셨다. 웃방의 작은 창으로 하얀 달빛이 비쳐 들었다. 창가에 걸린 둥근달을 바라보다 까무룩 잠들려 할 때 정지방에서 아버지의 두런거리는 이야기 소리가 간간히 들렸다. "그러자면 올봄에 메밀을 심어야겠는데… 씨앗이 문제요. 어디서 구하겠소."

아버지는 대수술을 받으시고 항생제를 과다 복용해서인지 간이 안좋으셨다. 그리하여 선인장을 짓이겨 귀한 꿀에 담가 드셨고 단 것이 좋다며 매일 간유 사탕도 몇 알씩 드셨다. 엄마는 아버지만 약처럼 드실 수 있는 단지에 담은 간유 사탕을 궤짝에 넣고는 열쇠를 잠갔다.

난 그 사탕이 먹고 싶어 몰래 나무토막으로 깎은 열쇠로 궤짝을 열고 표 안 나게 훔쳐 먹었다가 엄마한테 들통나 호되게 매 맞은 적이 한두 번이 아니었다. 그때마다 엄마는 "베미(범이) 새끼를 많이 낳으면 시라소니를 낳는다더니 그런 말이 없네. …마른 벼락이나 탁 쳐라. 저 구신 같은 새끼 썩어지게. …저 아새끼 그때 바다에 빠졌을 때 콱 죽기나 하지. 살아서 이렇게 에미 속 썩이지 말고." 하며 바가지로 내 머리를 탁- 내리쳤다. 난 그때뿐이었다.

또 그랬다. 다른 형제들은 아무리 배고파도, 얼굴이 부석부석 붓겨 멍하니 창밖을 바라보며 엄마가 퇴근해서 밥해 주기만을 기다렸지만, 그렇게 기다리다 가마솥에 말라붙은 밥알이 눈에 띄면 뜯어 입에 넣으며 배고픔을 참았지만 난 '배고픈데 참긴 왜 참아? …굶긴 왜 굶어. 도둑질하고 훔쳐 먹으면 되지'라고 생각했다.

그래서 형들과 동생들은 낮알 구경을 못해 얼굴이 부옇게 부석부석 붙었지만 유독 나만 얼굴에 기름기가 반지르 돌고 오동통 살이 올랐다. 그런 나를 보고 엄마는 "저 아새끼는 도대체 누굴 닮았을까? …한 배 속에서 난 새끼래두 저리두 다를까? 저 아새끼는 이다음 커서 정찰병시키면 좋겠다. 어쩜 저리도 거짓말을 신통히도 하고 엉뚱하고 도둑질 잘할까?" 했다.

난 내가 그런 건 내 탓이 아니라고 생각했다.

엄마를 닮았기 때문에 그렇다고 생각했다.

생각난다. 내가 돌이 지났을 때 집안으로 나른한 오후 햇살이 비껴 들었고 난 엄마 품에 안겨 있었다.

삼순이 엄마가 까르르- 웃으며 "아이유… 예뻐라." 했을 때 엄마가 "우리 영진이 몇 살이지?" 했다.

난 귀찮으면서도 마지못해 오른손으로 셋을 펴 보였다.

삼순이 엄마가 또다시 까르르- 웃으며 "누굴 닮았지?" 했다. 너무 귀찮아서 얼굴을 엄마 젖가슴에 묻었는데 엄마가 또다시 "우리 영진이 누굴 닮았니?" 했다.

난 귀찮으면서도 대답해야 될 것 같아서 나른하게 "외삼촌." 했다.

그러자 또다시 까르르- 웃음 소리가 들렸다.

엄마는 내가 조금씩 커갈 때 "형제들 중 니만 유독 외탁했어." 했다. 엄마가 한 말은 일리가 있다.

그래서 내가 다른 형제들 하고는 다르고 내가 그러는 것도 내 탓이 아니고 유전이기 때문이라고 생각했다.

함흥 외삼촌은 하얼빈대학에 다니다 모 주석의 추천장을 가지고 평양 김일성종합대학에 입학했다.

그러던 중 딱 3일간 구속되었다가 풀려났다.

그것은 모 주석의 지장이 찍힌 추천장을 위조하여 친구를 길일성종합대학에 위장 입학시키다 들통 났기 때문이었다.

외삼촌은 그 지장을 직접 도장칼로 정교하게 새겼는데 들통 난 것이다.

볶은 메밀가루에 꿀을 재워 복용하면 아버지 건강에 좋단다. 북변 땅 항구 도시에서 메밀을 구하기 어려웠다.

9살 난 연필로 또박또박 라진 큰아버지에게 편지를 썼다.

라진 큰아버지는 내가 태어나기 전 라진군 안주리 협동 농장 관리위원장이었다.

비 내리던 날, 농장 소가 나무에 감겨 죽었는데 그 책임을 지고 철직되었다가 다시 농장 작업반장으로 계셨다.

언제나 보고 싶은 큰아버지에게.

큰아버지, 그간 몸 건강하셨습니까?

오늘도 아버지 원수님의 농촌 테제를 높이 받들고
더 많은 알곡 증산으로 보답하기 위하여 얼마나 수
고 많으십니까?

할머니 환갑잔치 날, 엄마 등에 업혔던 영진이가 소
학교에 입학하여 이렇게 큰아버지에게 편지를 올리
게 됩니다.

이렇게 시작된 편지에는 아버지 건강이 많이 나아졌으며 더 좋아
지기 위해서는 메밀가루에 꿀을 재워 드셔야 하는데, 메밀 씨앗이 요
구되며 마지막 부문에서는 저의 간절한 소원이니 꼭 보내 주시면 고
맙겠습니다. …하고 구구절절이 써 내려갔다. 며칠이 지났을 때 작은
꾸러미의 소포가 왔다. 메밀 씨앗이었다. 그때 난 세상에 태어나서 처
음으로 삼각형인 까만 메밀을 보았다. 따뜻한 봄날, 마을 뒷산 산사터
를 고르고 메밀 씨앗을 뿌렸다. 종달새가 우짖고 파란 하늘 아래 푸른
바다가 내려다보였다.

아카시아꽃이 피고 매미가 울 때 하얀 메밀꽃이 피었다. 하얀 꽃
주단을 깔아 놓은 듯한 하얀 꽃 속에 하얀 나비들이 팔랑거렸다.

그날은 휴일이어서 엄마와 아빠, 나, 누렁이, 그렇게 메밀밭으로 올
랐다. 찬란한 태양이 눈부시고 그 밝은 빛이 누리를 밝혔다. 헐떡이며

메밀밭에 다다랐을 때 깜짝 놀랐다. 믿기 어려운 눈앞의 광경에 아버지는 우뚝 걸음을 멈추고 안경너머로 두 눈을 번뜩이며 "엉?" 했고 엄마는 "에구머니나, 웬일이야? …이게 무슨 일이야?" 했고 난 멍하니 처참하게 변한 메밀밭을 보며 섰는데 왜 그런지 누렁이는 흥분하여 조금 밋밋한 아래쪽 떨기나무 숲으로 달렸다.

하얀 꽃이 핀 네모반듯한 메밀밭은 반나마 그 무슨 산짐승인가에 의해 마구 짓뭉개졌는데 떨기나무 숲속에서 누렁이가 다급하게 짖어댔다. 아버지는 그쪽으로 다가갔고 조금 시간이 지났을 때 아기 울음소리 같은, 산짐승의 울음소리가 크게 들렸다.

누렁이는 가시덤불 속에서 덫에 뿌리가 걸려 버덕거리는 사슴을 발견했고 그래서 사납게 짖어 대며 마구 물어뜯었던 것이다. 아버지는 커다란 사슴을 끌고 산언덕을 내렸고 우물집 배 영감이 사슴 피를 받아 "네가 몸이 허약하니 이 피를 마셔." 했다.

난 사발에 담긴 뻘건 사슴 피를 마시려 했지만 그 역한 비릿한 냄새에 토할 것만 같았고 도무지 입에 댈 수가 없었다.

엄마는 "얼른 마셔. 그래야 살지? …약이거니 하고 눈을 꾹 감고 꿀꺽 넘기면 되는 거야." 했다.

난 엄마 말에 고무되어 두 눈을 꼭 감고 마시려는 순간 또다시 욱-하고 토하려 했다. 끝내 먹을 수 없었고 큰 가마솥 두 개에 삶은 그 사슴 고기는 옆집, 아랫집… 나눠 먹었다.

다음 날 해 저물 때 마을의 산림 보호원이 집에 찾아와 사슴을 잡은 경위를 따지고 들었다. 옆집의 정삼이 엄마가 사슴 고기가 맛있다며 실컷 얻어먹고는, 식구들 몫까지 큰 소래에 퍼 담아 가지고 부엌문을 나서며 "잘 먹었소. 잘 먹겠소." 하고는 그길로 일러바쳤던 것이다.

그것도 덫에 걸린 사슴을 잡은 것이 아니라 우리가 덫을 놓아 잡았다며 한 보따리 보태서 말이다.

가을이 되었다. 이삭이 팬 메밀밭에 메뚜기와 잠자리가 날아들고 산사터 축대, 돌 틈에 둥지를 튼 박새가 다 자란 새끼들을 거느리고 떠나갔을 때 사슴들이 뜯어먹고 남은 메밀밭에서 다 여문 메밀을 수확하였다.

엄마는 햇볕에 말린 메밀을 쇠 절구에 팡팡 찧어 껍질을 벗긴 다음 가마솥에 볶아 가루를 내었다.

그 메밀가루에 귀한 꿀을 넣어 단지에 재웠고 쌀 궤짝에 고이 보관하고 열쇠를 잠갔다. 난 하루 종일 온 정신이 그 까만 토기 단지에만 가 있었다.

먹고 싶어 군침을 꿀꺽 삼켰다. 그때마다 배에서 꼬르륵- 소리가 났다. 어느 날 난 마음을 단단히 먹고 나무토막을 깎아 열쇠를 만들어 쌀 궤짝을 여는 데 성공했다.

찰칵- 하고 열쇠가 열렸을 때 환호성과 동시에 가슴이 왈랑거렸다. 한 숟가락, 두 숟가락, 참으로 달콤하고 쫀득, 쫀득, 입안에서 살살 녹으며 맛있었다. 또다시 한 숟가락… 세 숟가락… 움푹 표가 났다.

그날은 다행히 들통 나지 않았고, 꼬리가 길면 잡힌다고, 끝내 들키고 말았다. 그날 엄마에게 어찌나 얻어터졌던지 자다가 오줌을 지렸다.

타닥, 타닥, …천정에서 쥐들의 발자국 소리가 요란할 때 따끈한 아랫목에 앉아 있던 고양이가 두 눈을 반짝 뜨고 쳐다봤고 그때 "있소?" 하며 옆집 정삼이 엄마가 부엌문으로 들어섰고 엄마가 "들옵지." 했을 때, 그 열린 문틈으로 누렁이가 쏜살같이 집안으로 들어서며 방구석에 놓인 고양이 집에서 갓 태어난 새끼 고양이를 물어 씽 달아났다.

눈 깜짝할 사이에 일어난 일이라 손쓸 새 없었다.

어미 고양이는 야웅- 하고 울며 며칠째 새끼 고양이를 찾아 나섰다. 포기하고 들와서 누워 있다 또다시 생각나는지 야웅- 하고 울며 일어나서 찾아다녔다.

엄마는 "아무래도 누렁이가 꿀꺽 삼켰는 게야." 했다.

그러면서 "고새 들와서 물구 나갈 줄이야 어떻게 알았겠어." 했다. 또 그러면서 "짐승도 사람과 똑같아. 제 새끼를 저리도 그리워하니. 누렁이가 물구 나간 지 오늘까지 며칠째니?" 했다. 시간이 가고 날이 갈수록 어미 고양이는 더 애처롭게 야웅- 하고 새끼 고양이를 불렀다.

그러는 그 소리에 활짝 열려진 부엌문께서 누워 자던 누렁이가 머리를 쳐들고 멀뚱히 바라봤다.

누렁이는 자기와 아무런 상관이 없다는 듯, 그 우는 소리가 귀찮다는 듯 무심하다. 늘어져 잠만 잔다.

햇빛이 나른하게 비쳐 드는 오후, 엄마도, 나도, 누렁이도 낮잠에

곯아떨어졌을 때 어미 고양이는 또다시 야옹- 하며 새끼 고양이를 찾아 나섰다. 마당에서 햇빛 쪼이기를 하며 늘어져 자던 누렁이가 '애. 잠이나 자. 찾아 나서도 소용이 없어. 내 말 들으라니깐. 찾긴 다 글렀어' 하듯 머리를 슬쩍 쳐들고 뒷산으로 오르는 고양이를 바라봤다. 야옹- 하는 소리에 나도 깨서 손등으로 눈을 비볐다.

활짝 열려진 부엌문으로 또다시 잃어버린 새끼 고양이를 찾으러 나섰던 어미 고양이가 이번에도 허탕을 치고 집주인의 잠을 깨우며 맥없이 들어섰고 그 뒤로 큰 고양이가 문께에 서서 경계하며 두리번거리다가 한 발짝, 두 발짝, 조심스레 집안으로 들어섰다. 엄마와 나는 깜짝 놀라며 뒤따라 들어서는 그 큰 고양이를 바라봤다. 그놈은 내가 몇 번 뒷산에 오르내리는 것을 본 적이 있었다.

꼬리가 짧고 내가 보기에 고양이는 같지 않고 삵 같았다. 고양이가 그리 클 리는 없었다. 엄마는 갑자기 무슨 생각이 들었던지 방구석에 팽개쳐진 하얀 쌀자루를 집어 들더니 야옹- 야옹- 하고 그 큰 고양이처럼 생긴 삵을 친근하게 부르며 가까이 살금살금 다가갔다. 그놈은 그러는 엄마를 경계하면서도 정신은 온통 우리 집 고양이에 가 있는 듯 했다. 엄마는 순식간에 쌀자루로 그놈을 덮었다.

자루 안에 갇힌 그놈은 버둥거렸고 엄마는 그것을 물둥기에 쓱 담갔다. 그리곤 빨래방치로 꾹 눌렀다.

물속에서 버둥거리던 생명체는 한참 후 잠잠해졌다. 누렁이가 부엌 문께에서 두 귀를 쫑긋 세우고 바라봤고 어미 고양이가 가마목에 앉아 두 눈을 똑바로 뜨고 머리를 갸웃하고 바라봤다. 난 가슴이 두근 거렸다.

엄마는 그 숨이 끊어진 산짐승을 손질해 가마솥에 삶았다. 엄마는 다 익은 고기를 뜯으며 이렇게 말했다.

"살아야 해. 어떻게 하나 먹구 살아야 해. 고기를 통 먹을 수 없으니 이 고기라도 먹어야 해. 사는 것두 전투야." 했다. 난 속이 울렁거려 그 고기를 한 점도 먹지 못했다.

엄마는 "화자 선생이 간밤에 애기를 낳다 산후 출혈로 죽었단다. …에구. 어떻게 하면 좋아. 그 곱던 얼굴이. 아니 글쎄 초저녁에 진통 이 시작되어 자정께 해산했는데 산후 출혈이 심하기에 아무것두 모르 는 도깨비 같은 신랑이 리어카에 싣고 시병원으로 끌고 갔다누나. 병 원에 도착해 보니 숨이 졌더라는 거야. 그 울퉁불퉁한 비포장도로로 끌고 갔으니." 했다.

5

　냉랭한 아랫목에 앉아 작은 창밖을 내다보며 아침 일찍 일 나간 엄마를 기다리다 까무룩 잠이 들었다.

　얼마나 잠들었을까?

　비몽사몽 눈을 뜨니 곁에 아무도 없다.

　난 무섭고 적막하고 외로워 서럽게 울었다.

　창밖엔 가을바람에 낙엽이 흩날렸다.

　그래서였을까? …난 더 서럽고 슬프게 울었다.

　그 떨어지는 낙엽은 어린 마음에 너무도 처량한 공허와 눈물이었다.

　창밖에 어둠이 내릴 때 난 엄마를 찾아 나섰다.

　부엌문 앞에서 신발장을 여니 신발이 없다.

　난 맨발로 캄캄한 울퉁불퉁한 길을 걸었다. 발바닥이 아팠다. 걸쳐 입은 누나 몸뻬를 끌어내려 작은 발을 감쌌다. 그리곤 또 걸었다. 여름이었다. 6살 나는 중학생이었던 누나와 함께 기차를 타고 신포 고모 집으로 갔다. 고모네 집은 작은 어촌 마을이었다. 고모네 집에 놀러 가면 맛있는 문어도 먹을 수 있고 대게와 낙지회, 섭죽도 맛볼 수 있었다. 그리고 해송이 우거진 하얀 금빛 백사장에서 맘껏 뛰놀 수 있었다. 떠날 때 고모는 금방 잡은 크고 싱싱한 가재미 한 다라를 손질해 소금을 듬뿍 치고 물기를 찌고 하여 비닐 자루에 넣어 배낭 한가득 채워 주었다. 누나는 무거운 배낭을 메고 난 누나 손을 잡고 저녁 기차에 올랐다.

기차가 출발할 땐 차창 밖에 어둠이 내렸고 그날 밤 태풍이 몰아쳤다. 60년 만에 처음 있는 17호 태풍이라 했다.

철로가 유실돼 기차가 멈춰 섰다. 산사태가 나고 다리가 침수됐단다. 승객들은 캄캄한 차 칸에서 밤을 샜다. 좌석이 없어 자리에 앉지 못한 승객들은 짐을 깔고 통로에 주저앉았다. 콩나물시루같이 덥고 비좁아 체격이 왜소한 사람들은 좌석 밑으로 기어들어 허리를 폈다. 연신 손부채질이고 땀이 비 오듯 했다.

어린 나는 졸리고 숨이 막혔다. 그리고 무서웠다. 기차가 통째로 빗물에 떠내려갈 것 같았다. 차창으론 쏟아지는 빗물이 바켓쯔(양동이)로 쏟아붓는 것처럼 흘러내렸다.

비바람 소리가 세차게 들렸다. 서서히 날이 밝을 때 쏟아지던 비가 잦아들었다. 그렇게 멈춰 선 기차에서 하룻밤 지내고 또 하룻밤 보냈다. 고모가 사 준 도시락도 바닥났고 물도 없었다. 난 목이 타 누나 얼굴 쳐다보며 물… 물… 했다. 열차 안 여기저기에서 아이들 울음소리가 들렸다.

소리 지르는 어른들 불만이 쏟아졌다. 그때 누군가 소리쳤다.

"철로가 언제 복구될지 모른답니다. 한 달이 걸릴 수 있다고 합니다."

사람들은 웅성거렸고 여기저기에서 또다시 아이들 울음소리가 들렸다. 누나와 나는 다른 승객들처럼 열차에서 내려 고모 집으로 다시 되돌아 걸었다.

그런데 그 길은 아득한 고난의 길이었다. 비포장도로로 170리였다. 누나는 무거운 배낭을 메고 난 누나 손을 잡고 한 걸음 한 걸음 뒤뚱뒤뚱 걸었다.

뜨거운 태양 빛이 쏟아져 내렸다. 난 그렇게 걷다 주저앉았다. 누나는 나를 안고 걸었다. 난 땀 흘리는 누나 얼굴을 보며 내리겠다 하였다. 걸을 수 있다고 하였다. 그리곤 다시 힘을 내 걸었다. 배고프고 무릎이 아팠다.

그때 어린 내가 무슨 신발을 신었던지는 기억나지 않는다. 리어카에 짐을 싣고 끌고 가던 할머니가 측은한 눈길로 나를 바라보더니 "아이유. 쪼끄만게 잘도 걷네. …기특해라. 저 얼굴에 땀 흘리는 거 좀 보지?" 하더니 리어카에 타라며 안아 올려 주었다. 배낭을 뒤져 삶은 옥수수 하나를 꺼내 주셨다. 석양이 지고 어둠이 내리니 길옆 농가들에서 저녁밥 짓는 하얀 연기가 피어올랐다. 난 아장아장 걸으며 그 하얀 연기 피어오르는 정경을 멍하니 바라보았다. 어린 마음에 저녁밥 짓는 그 아늑한 보금자리가 한없이 그리웠다. 고소한 콩기름 내음이 산들바람에 실려 왔다. 작은 배에서 꼬르륵- 소리가 났다. 눈앞에 고모

집에서 먹던 찰옥수수 떡이 보였다.

누나는 무거운 배낭이 어깨를 무겁게 내리 누르던지 구부정하고 걸었다. 난 그만 참아 오던 울음을 터뜨렸다.

누나는 "조금만 가면 돼. 내가 안아 줄까?" 한다.

난 울면서 머리를 흔들었다. 어둠이 내리고 별들이 내려앉는다. 서늘한 바람이 불어왔다. 누나는 "좀 쉬어 가자." 하며 길섶에 펄썩 주저앉았다. 우리를 앞지르던 무거운 짐을 진 할아버지가 "어디까지 갑니까?" 한다. 누나는 맥없이 "신포까지 갑니다." 하니 웃어 보이며 "아이유. 아직 한참 가야겠네요." 하며 앞서 걷는다. 난 누나를 쳐다보며 "누나. 물… 물 먹고 싶어…." 했다. 누나는 "조금만 참아. 저 앞에 개울이 있을 거야." 한다. 그렇게 밤새 걸어 새벽이 되었을 때 고모 집에 도착하였다. 배낭의 물고기는 다 문질러져 썩은 냄새가 났다. 엄마는 커 가면서 내가 두 손으로 무릎을 짚고 아프다고 할 때면 "야가 그때 그 쪼그만 게 그렇게 먼 길을 걸어서 그런가 갑다." 했다.

엄마가 싸 준 도시락을 열어 보니 누런 강냉이밥인데 반찬이라곤 된장 뒤 숟가락 귀퉁이에 담겨졌고 부실하게 담긴 밥이 헐렁하다.

난 내 앞에 놓여진 아침밥을 도시락에 뒤엎어 담고 고른다.

그렇게 하지 않으면 가방에 넣은 도시락 밥이 한쪽으로 밀리여 도시락 먹을 때 다른 아이들이 보는 것이 부끄럽기 때문이다.

4교시가 끝났을 때 학급 아이들은 교실에 둘러앉아 도시락을 펼쳐

들었다. 난 자그마한 반찬 곽에 먹음직스러운 반찬을 따로 싸 오는 몇 안 되는 아이들이 부러웠다.

난 그런 걸 바랄 수도 없었고 내 도시락 반찬은 언제나 도시락 한쪽 귀퉁이에 담긴 된장뿐이었다.

아이들이 도시락을 먹을 때 맨 뒷자리에 앉은 순남이는 우두커니 창밖을 내다보며 멍하니 앉아만 있다.

순남이는 언제나 그런다. 도시락을 싸 오지 못하기 때문이다.

어떤 날은 아이들이 왁자지껄 떠들어 대며 도시락을 꺼내들 때 슬그머니 자리에서 일어나 밖으로 나간다.

밖으로 나간 순남이는 학습터로 오르는 뒷산에 올라 소나무 순도 뜯어먹고 시큼한 꾀꼬리 풀잎도 뜯어먹는다.

도시락을 먹다 말고 자리에서 일어난 영수가 한 손에 도시락 뚜껑을 들고 "자, 자, 자, …밥을 한 숟가락씩 걷겠어." 한다. 영수는 머리를 처박고 허겁지겁 도시락을 먹는 아이들을 돌며 밥 한 숟가락씩 걷는다. 어느새 도시락 뚜껑에 콩밥, 감자밥, 강냉이밥, 이밥, 시래기밥이 한가득 담겨졌다. 영수는 활짝 웃으며 "예부터 빌어먹는 백성이 더 많이 먹어." 하며 순남이한테로 다가간다. 순남이는 얼굴이 빨개져 머리를 깊이 숙이고 영수가 내미는 밥을 두 손으로 공손히 받아 든다.

학교가 파하고 집으로 가는 길에 영식이가 재잘거린다.

"글쎄 말이야, 내 말 좀 들어 봐. 어느 과학자가 옥쌀이란 걸 발명해냈대. 이젠 맛없고 깔깔한 강냉이 쌀을 먹지 않아도 된다는 거야. 통

강냉이 껍질을 벗겨 내고 분쇄하여 기계에 반은 익혀 만든 쌀인데 밥을 해 놓으면 그렇게 맛있대. 아버지 원수님께서는 못내 기뻐하시며 옥쌀이라고 이름 붙여 주셨대. 이제 곧 배급 준다는 거야."

영식이 말처럼 배급소에선 잡곡 대신 옥쌀을 집집마다 몇 퍼센트씩 배급해 주었다. 옥쌀이란 강냉이 국수를 쌀알 만큼씩 토막 내 말린 발명품 쌀이었다.

아이들은 엄마 몰래 쌀독에서 옥쌀을 퍼내어 바지 주머니에 넣고 씹어 삼켰다. 옥쌀은 입쌀처럼 날것으로 먹어도 맛있었다. 꼭 옥수수 국수를 씹어 삼키는 맛이었다.

옥쌀밥은 강냉이밥보다 깔깔하지 않고 목구멍으로 잘 넘어가고 달짝지근하게 맛있었다. 그런데 엄마들은 옥쌀은 밥도 불지 않고 헤프다(금방 없어진다)며 배급을 탈 때면 옥쌀 대신 강냉이쌀로 요구했다. 옥쌀 10킬로그램으로 여섯 식구가 5일을 먹을 수 있다면 강냉이쌀로는 7일을 먹을 수 있기 때문이다. 순남이는 따끈따끈하게 밥을 해 놓으면 입안에서 달짝지근하게 쫄깃쫄깃하고 목구멍으로 슬슬 넘어가는 옥쌀밥이 몹시도 먹고 싶었다. 순남이 엄마는 헤프다는 옥쌀을 배급소에서 한 번도 타오지 않았기 때문이다. 아침에 깔깔한 강냉이밥을 먹고 책가방을 메고 집을 나선 순남이는 영찬이네 집으로 가 "영찬아, 학교 가자." 하고 소리쳤다.

영찬이는 밥을 먹으며 "순남아, 들와라. 같이 가자." 한다.

순남이는 "내 밖에서 기다리겠다. 밥 먹구 나와라." 하니 그래도 영찬이는 "들와라. …들오라니까." 한다.

순남이는 부엌문을 열고 들어가 신발장 옆에 우두커니 섰다.

영찬이 엄마는 가마솥에서 영찬이 도시락에 김이 몰몰 나는 먹음직스러운 노란 옥쌀밥을 퍼 담으며 "밥은 먹었니?" 한다.

신발장 옆에 우두커니 선 순남이는 밥상에 마주앉아 노란 옥쌀밥에 희뿌연 국물이 담겨진 국그릇을 후룩후룩 마시는 영찬이를 바라본 다음 옥쌀밥이 한가득 담긴 영찬이 도시락을 바라본다.

희뿌연 국물을 후룩후룩 마신 입술 가장자리가 번들번들하다.

순남이는 목구멍이 바싹바싹 타는 것처럼 깔깔하고 입안도 텁텁한데 마른침을 꿀꺽 삼킨다.

두 아이는 나란히 학교로 향했다.

햇볕이 쨍쨍한데 학급 아이들은 운동장 가장자리에 도시락이 든 책가방을 벗어 놓고 신나게 공차기를 한다.

순남이는 아이들이 벗어 놓은 책가방 옆에 우두커니 서서 미루나무에 앉아 깍깍거리는 까치를 쳐다보는데 눈길은 자꾸만 영찬이 책가방에 간다. 맛있는 옥쌀밥이 든 영찬이 책가방이 불룩하다.

와- 하고 아이들이 지르는 함성이 들려온다. 골을 넣은 모양이다. 놀란 까치가 푸드득 날아오른다. 아무도 보는 사람이 없다.

순남이는 마음을 다잡고 주위를 살핀 다음 몸을 낮추고 영찬이 책가방을 열고 도시락을 잽싸게 꺼내 들었다. 옥쌀밥이 든 도시락이 묵직했다. 순간 가슴이 세차게 두근기린다.

품속에 영찬이 도시락을 감춘 순남이는 학습터로 오르는 계단을 따라 뒷산으로 빠르게 올랐다. 바다가 한눈에 내려다보인다.

어린 소나무 밑에 쭈그리고 앉은 순남이는 영찬이 도시락을 펼쳐 들고 정신없이 퍼먹었다. 가슴이 쿵쾅거리고 목에 메였다.

어느새 날아왔는지 까마귀 한 마리가 나뭇가지에 앉아 까욱- 까욱- 한다.

공차기를 끝낸 아이들이 웅성거렸다.

"얘들아. 영찬이 가방에서 도시락이 없어졌대."

영찬이는 잔뜩 울상이 되어 우두커니 서 있었다.

3교시는 창가 시간이다.

아이들은 선생님의 풍금 소리에 맞추어 목청껏 노래한다.

활짝 열려진 창으로 아이들이 부르는 낭랑한 노랫소리가 햇빛 찬란한 교정으로 울려 퍼진다. 솔솔 불어오는 바람결에 새들도 따라 하듯 쩍쩍거린다.

원쑤에게 눈정기 뺏긴 옥란이

자나 깨나 밝은 세상 그리웠어요

김일성 원수님의 품엔 안긴 날

그날에야 옥란이는 눈을 떴어요.

아 햇빛보다 따사로운 어버이 그 사랑 속에

백두의 눈보라도 머리 숙였네.

마안산 아동 단원들을 찾으신 원수님께서 앞을 보지 못하는 옥란이를 한 품에 안으시고 사랑을 베푸시어 두 눈을 뜨게 하셨다는 노랫말이다.

그 마안산 아동 단원들과 함께 계시는 원수님 모습이 그려진 대형 유화가 천리마 학교 중앙 현관홀에 모셔져 있었다. 유화 속 원수님은 마안산 밀영의 작은 귀틀집 마당가에서 아동 단원들을 한 품에 안으시고 활짝 웃고 계셨다. 유화 앞을 가로질러 아이들은 다닐 수 없었고 정숙을 지켜야 했는데 언제나 유화 앞엔 싱그런 꽃송이가 놓여져 있었다. 봄이면 진달래와 개나리가, 여름이면 백일홍이, 가을이면 국화가, 겨울이면 눈 속에 피운 진달래가 활짝 피어 있었다. 아이들은 앞 다투어 중앙 현관홀 바닥을 초를 발라 알른거리게 닦았고 꽃병에 꽂아 놓은 꽃이 시들세라 새로운 더 고운 꽃들을 꺾어다 정성껏 꽂아 놓았다.

학교가 파하고 학철이는 철호와 함께 바구니를 들고 앞산에 올랐다. 바다가 한눈에 내려다보이는 고말산에 오르면 토끼풀이 많았다. 민들레며, 클로버며, 아카시아 잎사귀며, …어느새 토끼풀을 한 바구니 가득 채운 두 아이는 산언덕에 나란히 앉아 석양이 지기 시작하는 멀리, 관모봉 너머를 바라보며 이야기꽃을 피웠다.

철호는 지난 학기에 회령에서 이사 온 아이다.

학철이는 철호가 좋았다. 철호는 여자애처럼 살결이 희고 얼굴이 둥그스름하고 두 눈이 쌍꺼풀이었다. 그리고 뒷머리가 반듯했다. 학철이는 집안 벽에 걸린 자그마한 금이 간 거울을 들여다보며 '나도 철호 눈처럼 쌍꺼풀이 졌으면 얼마나 좋을까?' 하고 생각했다. 그렇게 생각하며 시도 때도 없이 희뿌연 거울을 들여다보며 쌍꺼풀이 없는 작은 눈을 크게 부릅떠 보기도 하고 양손 검지로 치켜올려 보기도 하면서 까만 눈동자를 깜빡거렸다.

그리고 반듯한 철호 뒷머리처럼 불룩이 튀어나온 뒷머리를 납작하게 만들고 싶어 천정을 올려다 보며 반듯이 누워 있곤 했다.

황혼이 지며 핏빛처럼 붉게 타는 하늘가에 수리개 한 마리가 높이 날고 있고 그 빛으로 붉게 일렁이는 저녁 바다 우에 흰 갈매기가 훨훨 날아옛다.

철호는 양손을 뒤로 해 짚고 붉게 타는 하늘가에 높이 날아예는 수리개를 쳐다보며 다짐하듯 말한다. "난 이다음 크면 수리개가 될 거야. 조국의 하늘을 지키는 수리개 말이야. …비행사가 되어 저 푸른 하늘을 수리개처럼 훨훨 날고 싶어."

그러자 학철이는 검붉은 바다 우에 멀리 나래 펴는 갈매기를 바라보며 툭 내쏘듯 퉁명스럽게 말한다.

"난 조국의 바다를 지키는 갈매기가 될 거야. 해병이 되어 갈매기처럼 조국의 바다 우에 훨훨 날고 싶어."

그렇게 말한 학철이가 갑자기 낮게 날아예며 오른쪽 벼랑 턱으로 감돌아드는 갈매기에게 눈길을 쫓는데, 갈매기가 날아드는 벼랑 턱에 빨간 나리꽃이 피어 있다. 그 붉은 꽃은 붉게 지는 노을빛으로 더 불타 보인다. 학철이는 나리꽃… 하더니 자리서 벌떡 일어섰다. "저 꽃 꺾어 마안산 아동 단원들과 함께 계시는 아버지 원수님 앞에 드리겠어. …옥란이의 두 눈을 뜨게 해 주신 원수님께 말이야."

눈 깜짝할 사이 학철이는 나리꽃이 피어 있는 벼랑 턱 쪽으로 달린다.

"안 돼, 학철아. 위험해. 벼랑이 너무 가파로워… 넌 갈매기가 아니야. 넌 갈매기처럼 날개가 없잖아? …넌 날 수 없어. 떨어지면 어쩔려구 그래?"

철호가 소리치며 뒤따르는데 어느새 학철이는 아득히 가파른 벼랑 턱으로 두 손을 짚으며 한 발, 한 발, 조심조심 내려선다.

철호는 무서움에 아래를 내려다보았다.

아득한 낭떠러지 밑으로 출렁이는 바다가 보인다.

노을 진 하늘가에 높게 날아예던 수리개가 어느새 날아왔는지 나리꽃이 피어 있는 벼랑 턱으로 유유히 감돌며 학철이를 지켜 주려는 듯 날갯짓을 하고 있다.

학철이는 어느새 빨간 나리꽃 한 송이를 꺾어 들었다.

다시 한 발 옮기며 두 송이를 꺾어 든다.

학철이가 네 송이를 꺾어 들었을 때 철호는 소리쳤다.

"이젠 그만해. 그거면 됐어… 됐다니깐… 빨리 올라와." 들었는지 먹었는지 한 손에 꽃을 들고 벼랑 턱에 매달린 학철이는 씩 웃으며 철호를 올려다본다. 네 송이를 꺾어 들었고 이제 한 송이만 벼랑 턱에 피어 있다. 그 마지막 한 송이는 조금 더 아래켠에 피어 있다. 학철이는 아득한 벼랑 턱에 바싹 붙어 한 발, 두 발, 내려선 다음 허리를 숙여 그 마지막 한 떨기 나리꽃에 손을 뻗는다. 하지만 손이 닿지 못한다. 철호는 숨을 죽이고 그러는 학철이를 내려다본다. 조금 숨을 고른 학철이가 마음을 다잡은 듯 한 발 더 내려서서 옆으로 몸을 비틀며 한 손을 뻗어 나리꽃을 꺾었을 때, 그때, 아! 한쪽 발 밑으로 부스럭 돌이 굴러 떨어짐과 동시에 학철이의 비명 소리가 벼랑 턱 낭떠러지 위로 메아리쳐 들렸다.

"학철아!" 수리개가 날아오르고 둥지 곁을 맴돌던 갈매기가 날아오른다. 학철이는 수리개처럼, 갈매기처럼, 억센 날개를 단 것처럼 훨훨 날아 떨어지는 듯 했다.

"학철아. 갈매기가 되겠다 했잖아. 갈매기처럼 훨훨 나래를 펴고 조국의 바다를 지킨다 했잖아. 학철아. 눈을 떠 봐. 너는 갈매기 나는 수리개라 했잖아. 금방 그랬잖아. 어서 눈을 떠 봐."

갈매기처럼, 수리개처럼 아득히 날아 떨어진 학철이의 손에는 빨간 나리꽃 5송이가 꼭 쥐여져 있다. 그 붉은 꽃송이처럼 꽃을 꼭 쥔 손등도 빨갛게 물들었다.

작은 얼굴이며 손등이며, 신발이 벗겨진 발이며 작은 체구가 붉은 꽃송이처럼 붉게 붉게 물들었다.

핏빛처럼 붉게 물든 노을이 서서히 어둠 속으로 사라졌다.

6

청진은 이 나라의 북변 땅 항구 도시다.

철의 도시라고도 하였다. 지도를 보면 청진만으로 표기돼 있다.

그 백사장이 30리에 달한다.

시내 한가운데론 맑은 수성천이 흘러내리고 백사장을 따라 북쪽으로는 아름드리 해송이 우거진 나트막한 고말산이 바다로 뻗어 나갔는데 그 끝엔 하얀 등대가 있고 삼 형제 촛대바위가 우뚝 솟아 있다. 백사장 남쪽으론 라북천이 흘러내리고 시내 남쪽은 남청진이다.

아득히 펼쳐진 백사장에 닿아 있는, 아름드리 솔밭으로 둘러싸인 크고 작은 호수들이 아름답다.

길지 않은 여름이 지나고 가을이 시작되면 멀리 서쪽으로 보이는 첩첩준령, 함경산줄기 제일봉에 하얗게 눈이 덮인다.

지명처럼 투명하게 맑고 아름다운 도시다.

해방 전 일제는 도시의 북쪽에 면해 있는 천마산과 고말산의 암반을 폭파해 바다로 아득히 뻗어 나간 동항과 서항을 건설했다. 그리고 어마어마한 철광석 매장량을 자랑하는 무산 광산의 무진장한 쇠 돌을 캐냈다.

일제는 해변의 아름드리 해송을 베어 내고 아름다운 크고 작은 연못을 메꾸어 제철소와 제강소를 지었다.

그렇게 쇳물을 녹여 선철을 만들어 일본으로 실어 날랐다.

청진, 라진간 철도를 건설하고 수많은 나무를 베어 날랐는데 섬유 공장과 펄프 공장, 제지 공장에서 종이와 섬유를 뽑아 약탈해갔다. 당시 조선인들은 청진으로 돈 벌러 간다고 하였다. 남청진에는 라남 19사단 사령부가 있었는데 19사단은 만주 토벌에 앞장섰다. 일제는 시내 중심에 규모가 큰 군 병원도 건설했다. 청진에는 일본 신사터와 일본 가옥들이 많았는데 1970년 촬영된 영화 〈꽃파는 처녀〉에서 주인공 꽃분이가 꽃을 파는 거리가 남청진 거리다. 그리고 꽃분이가 700리 길을 걸어 오빠를 찾아갔던 감옥도 일제가 건설한 청진 감옥이다. 성혜림이 출연한 유명한 영화인 〈폭풍의 시절〉과 〈최학신 일가〉, 〈이름 없는 영웅들〉, 우인희가 출연한 영화 〈목단꽃〉도 청진에서 촬영됐다. 난 어린 시절 촬영 현장을 쫓아다니면서 영화배우를 꿈꿨다.

해방 전부터 일본인들이 많이 살고 상업과 문화가 다른 지역보다 발달하고 척박하고 추운 해양 날씨에, 그래서인지 사람들이 생활력이 강하고, 강인하고, 청진 사람하면 청진 깡패, 소매치기를 떠올렸다. 고구려의 슬기와 용맹이 있어서인지 북변 땅 사람들은 총명하고 드셌다.

원주민들을 몰아내고 평양시 인구의 30~40퍼센트를 북변 땅 사람들이 차지했고 간부 등용도 북변 땅 사람들이 제일 많았다. 군에서도 병사들이 청진 아이들한테 꼼짝 못 했다.

전국의 청년 돌격대 중에서도 함경북도 돌격대가 언제나 제일 앞장섰다. 건설장, 제일 높이 올라간 건물들에는 함경북도 청년 돌격대 깃발이 꽂혀 있었다.

여성들도 그랬다. 예로부터 북변 땅 여인들은 피부가 희고 청순하고 우아했다. 그리고 마음씨가 비단같고 생활력이 강했다. 내가 나서 자란 북변 땅은 추워서 감자나 옥수수, 콩 같은 것밖에 재배할 수 없다.

감, 고구마, 수박, 참외는 물론 사과도 안 된다.

어릴 적 소달구지 뒤를 몰래 쫓아가 가마니에서 감 하나를 끄집어 냈는데, 난 그때 그 과일이 감이란 걸 알았다.

국어 교과서 그림에서 보았기 때문이다. 난생처음 손에 쥐어 본 예쁜 감을 한 입 베어 물었는데 엄청 떫었다.

난 얼굴을 찡그리며 뱉어 버렸다. 나중에야 그 과일은 덜 익은 감이라는 걸 알았다. 청진역에서 일제가 건설한 청라선을 타고 북쪽 해변으로 두 시간 남짓 가면 라진 큰집이었다. 라진행 열차는 오후 6시에 출발했는데 라진역에 도착하면 어두운 밤이었다. 승강장에 호각 소리 길게 울리면 기적 소리 높이 울린 다음 출발했는데 그땐 붉은 기호라고 새겨진 증기 기관차였다. 서서히 움직이는 차창 밖으로 도심 속의 따닥따닥 붙은 낮은 건물들이 지나가고 푸른 소나무가 우거진 산야를 지난 다음 몇 개의 캄캄한 터널을 벗어나면 시원한 푸른 바다가 보였다. 라진역 광장 맞은편엔 개울이 흘렀는데 그 우에 놓인 길지 않은, 차들이 다니는 돌다리를 건너 40분가량 우측으로 꺾어 걸으면 물이 흐르는 시골길이 나타났고 농가들이 드문드문 보였다.

라진 큰집은 사랑채가 딸린 고래 등 같은 큰 조선 기와 집이었다. 큰 대문 양편엔 아름드리 살구나무 두 그루가 서 있고 대문을 밀고 들어가면 너른 안마당이고 댓돌을 밟고 올라서면 긴 청마루였다. 뒤뜰은 야트막한 절벽과 인접했는데 파란 이끼가 자라고 쏠(부추의 일종)이 파릇파릇 돋아났다.

봄이 되면 마당가에 살구꽃이 곱게 피고 가을이면 대문 밖, 소 외양간과 창고 지붕에 북통만 한 빨갛고 누런, 연둣빛 호박과 박이 주렁주렁 열렸다.

늦가을이면 하얗게 서리가 덮였었다.

할머니의 타닥타닥 다듬질 소리가 들리고 고방에선 대통을 든 할아버지의 가래 끓는 기침 소리가 들렸다.

외양간에선 송아지가 딸린 어미 소가 음메- 하고 마당에선 닭들이 구구거린다. 처마 밑의 제비 둥지에서 새끼 제비들이 노란 주둥이를 내밀고 짝짝 벌리며 파르르 떠는데 어미 제비가 먹이를 물고 빨랫줄에 앉은 다음 꼬리를 달싹거리며 날아올라 마당을 빙빙 돈다. 난 새끼 제비를 만지고 싶어 마루에 서서 한참 쳐다본 다음 아장아장 걸어 부엌켠에서 바켓쯔(양동이)를 집어다 제비 둥지 밑에 엎어 놓고 엉거주춤 올라서는데 거기까진 손이 닿지 않는다.

부엌문을 활짝 열어젖힌 할머니가 두 눈을 가늘게 뜨고 "아사라. 그러면 못 써… 쯧쯔…." 한 다음 부엌에 대고 "에미야. 저 애를 데리고 날래 병원에 가 봐라. 암만해두 저 배 속에 뭣이 단단히 들어 있는가 보다. 애기가 저렇게 배가 부를 수가 있나?" 하신다.

엄마는 젖이 모자랐고 난 영양이 부족해 가는 두 다리가 안으로 휘었었고 그러니 아장아장 걷다 쩍하면 크게 넘어져 으앙- 하고 울었다. 아릉아릉한 갈비뼈에 배가 통통했었다. 큰어머니는 큰 가마솥에 감자를 쏟아 넣고 발로 밟아 껍질을 벗긴다.

척박한 북변 땅엔 옥수수와 감자가 주식이기 때문이다. 어쩌다 명절 때나 귀한 손님이 오면 하얀 찰강냉이 떡을 한다. 기계 방앗간에서 뽑은 찰강냉이 떡은 식으면 딱딱해진다. 사촌인 진호 형과 명숙이 누나는 키득거리며 홀랑 벗겨 놓은 나를 간질러 놓는데 난 너무 간지러워 발부둥치며 까르륵- 까르륵거리다 대청에서 댓돌 밑으로 굴러 떨어졌다. 한참 만에 정신차리고 눈을 뜨니 캄캄한 하늘가에 별들이 총총하다. 내가 정신이 들었을 때 또다시 까르륵- 까르륵거린다.

초저녁에 감자죽으로 끼니를 때운 긴긴밤에는 덩반에서 옥수수 꼬장떡을 내려 나눠 먹는데 그 맛이 꿀맛이었다. 모두 3형제였다. 고조할아버지도, 증조할아버지도, 할아버지도, 아버지도 3형제였다. 난 어릴 적 고조할아버지와 증조할아버지는 사진으로만 보았고 할아버지와 할머니는 내가 중학교를 졸업할 무렵 돌아가셨다.

할아버지와 둘째 할아버지는 지주였고 셋째 할아버지는 면장이었단다. 난 둘째 할아버지와 셋째 할아버지는 보지 못했다. 둘째 할아버지는 대지주였는데 당시 함경도 회령군 창효리 땅이 모두 둘째 할아버지 소유였단다. 해방이 되고 땅도, 집도, 모두 몰수당했는데 대저택은 지금도 그곳에 남아 있다.

협동 농장 휴게실로 쓰고 있단다.

'땅은 밭갈이하는 농민들에게!' 이런 플래카드가 밭머리마다 나걸렸고 '토지개혁 법령'이 발표됐다. 지주집에서 머슴살이를 하던 간난이도, 부엌녀도, 마당쇠도 난생처음 자기 땅을 움켜쥐고 엎으려 울었다. 6.25 전쟁이 끝나고 협동화가 시작되던 어느 날이었다. 그날은 3월 15일. 토지개혁 법령이 발표된 기념일이기도 하였다. 아침부터 추적추적 봄비가 내렸는데 큰아버지는 농장 소를 나무에 묶어 두고 농장원들과 함께 뜨끈한 온돌방에 둘러앉아 술을 마셨다. 그런데 그날, 하필이면 그 소가 나무에 감겨 죽었고 학교 운동장에서 비판 대회가 열렸다.

간난이가 소리쳤다. "장수철은 지주 아들입니다. 장수철의 부친 장만석은 많은 땅을 가지고 소작농들을 착취하였습니다. 난 해방 전 너무 가난하여 빤쯔도 못 입고 살았는데 장지주의 집에서 도리깨질도 하고 작두질도 하고 빨래도 하며 갖은 멸시와 천대를 다 받았습니다. 전쟁이 일어났을 때 장수철은 군대에 가지 않으려고 천정에 숨어 지냈습니다."

부엌녀가 소리쳤다. "장만석의 기와집 기둥에는 태극기가 그려져 있었습니다. 장만석의 막내아들은 전쟁 때 행방불명이 됐는데 분명히 국군을 따라 월남했을 겁니다."

마당쇠가 소리쳤다. "장수철은 농장 소를 고의적으로 죽였습니다. …지주 아들 장수철은 출당시켜야 합니다." 그리하여 큰아버지는 출당 당했다.

내가 태어나기 전이었고 쌍둥이 형도 태어나기 전이었고 누나가 태어난 이듬해에 있은 일이었다.

아버지는 가문의 은장도를 팔아 서울에서 공부한 유산 계급이었지만 엄마는 무산 계급이었다.

우리 집 정지방에 높이 걸린 낡은 스피커에서는 삐지직- 삐지직- 잡음과 함께 "무산 계급 유산 계급 단결하여라. 단결하여라." 하는 노래가 흘러나왔다.

아주 쪼끄말 때 난 외할아버지를 낡은 흑백 사진에서만 보았다. 3층짜리 벽돌 건물인 학교를 배경으로 사오십 명의 교복 입은 아이들 가운데에 앉아 찍은 사진이었다.

만주 안도 명월구란 곳에 아이들을 위해 몸소 학교를 세우셨단다. 사진 속 외할아버지 젊을 적 모습은 꽃미남이었다. 보는 순간 야! 하고 감탄이 나올 정도였다.

하얀 피부, 작은 얼굴에 동그란 뿔테 안경을 끼었는데 코는 오뚝하고 이마가 반듯하고 인중선이 뚜렷하고 두 눈이 반짝반짝 빛났다. 외할머니는 잘사는 유지의 딸이었는데 외할아버지네가 하도 가난하여 불쌍해 사위로 삼으셨단다.

엄마에 대한 일화가 있다. 길을 걷다 눈이 파란 소련군 병사와 마주쳤는데 엄마는 황급히 집으로 달렸고 소련군 병사는 엄마를 쫓아 대문을 쾅쾅- 두드리다 허공에 총을 쏘았단다. 놀란 외할아버지가 엄마를 마구간에 숨겼는데 며칠 동안 딸을 내놓으라면서 행패를 부렸단다. 외할아버지는 엄마를 마대 속에 넣고 마차에 실었는데 꽁꽁 동여맨 마대에 앉아 이랴! 하고 마차를 몰았단다. 소련군 병사는 대문 밖에서 멀뚱히 바라보고 섰고 엄마는 용정 일본군 연대 청사에서 타자수를 하였는데 많은 청년 장교들의 흠모의 대상이었단다.

해방이 된 해 엄마는 두만강을 건너 회령으로 나왔는데 그때 아버지는 일본인이 경영하는 회령 제지 공장 회계였고 거기서 엄마를 만나 결혼했단다.

큰외삼촌은 6.25 때 중공군 문화부 중대장으로 싸우다 전사했고 큰이모는 간호원으로 복무했는데 인민군 부상병들을 이끌고 후퇴하다 폭격에 다쳐 영예군인(상이군인)으로 제대하여 평양 제1병원 간호사로 근무했다. 큰이모는 꼭 외할아버지를 빼닮으셨는데 대단한 미인이셨다.

난 학창 시절 동무들에게 외가 쪽은 떳떳하게 많이 자랑했지만 라진 큰집을 생각하면 죄지은 것만 같고 부끄러워 감추려 애썼다. 9살 조선 소년단에 입단할 때 선생님은 학급 아이들에게 가계표를 쓰라했는데 출신성분란에서 내 동무 영식이는 떳떳하게 가슴 펴고 빈농이라 썼고 선철이는 중농, 난 한 손을 가리고 지주라고 써야만 했다. 그럴 때 얼굴이 확 달아오르고 쥐구멍에라도 기어들고 싶은 수치심이 일었다.

7

5살 영순이는 고사리 같은 작은 손에 강냉이 꼬장떡을 쥐고 뜨락에서 좋아라 팔짝팔짝 뛴다.

조무래기 아이들이 영순이가 쥐고 있는 꼬장떡이 먹고 싶어 코 흘리며 졸졸 따라다닌다. 영순이는 조금조금 작아지는 꼬장떡이 아까워 차마 못 먹겠다는 듯 한 입, 두 입, 작게 베어 물고 작은 입을 오물거리며 "우리 집에 또 있어. 엄마가 많이 했거든." 하고 우쭐해서 자랑한다. 부엌문을 활짝 열어젖힌 엄마가 문간에 서서 한 손을 내저으며 "야, 이 간나야. 집에 들와 얌전히 먹어. 애들한테 다 뺏긴다." 하고 소리친다.

그 소리에 놀랐던지 텃밭 가장자리, 싸리 울바지에 감겨 오르며 핀 연보라 나팔꽃에 앉았던 호랑나비가 고운 날갯짓으로 하늘하늘 날아오른다.

"야! 호랑나비." 영순이는 호랑나비를 쫓아 마당가를 뱅글뱅글 돈다. 어느새 호랑나비는 창고 지붕 위에 핀 호박꽃으로 날아오른다.

호랑나비 날아와 꿀 좀 주세요.

안 됩니다 안 됩니다 잉잉 울다가

고요히 잠들었어요.

노란 호박꽃에 앉은 호랑나비를 쳐다보며 낭랑한 소리로 읊조리던 영순이는 "얘들아, 날 좀 쳐받쳐 줘." 하며 콩대를 타고 창고 위로 기어오른다. 끙끙거리며 창고 위로 기어올랐을 때 호랑나비는 비웃기라도 하듯 팔랑 날아가 버렸다. 멀리멀리 파란 하늘가로 날아예는 호랑나비를 쳐다보는데 해님이 비쳐 주는 밝은 빛에 눈이 부시다.

땅에서 창고 위로 높이 올라서니 멀리 산모퉁이 사이로 바다도 보이고, 집 앞으로 흐르는 냇물도, 마을도, 발 아래로 펼쳐져 보인다. 붕 허공에 떠 있는 것만 같다.

어느새 날아왔는지 붕- 소리를 내며 꿀벌이 귓가를 맴돌더니 호랑나비가 앉았던 호박 꽃술 속으로 파고든다.

잡으려던 호랑나비는 날아가 버리고, 화풀이를 하려는 듯 대신 꿀벌을 혼내 주고 싶었다. 영순이는 무릎에 치마를 살짝 덮으며 온몸에 노란 꽃가루를 잔뜩 묻히고 호박 꽃술 속에서 날갯짓하며 붕붕거리는 꿀벌 앞에 꿇어앉았다.

꿀벌은 위험이 닥친 줄도 모르고 온 힘을 다해 꿀을 빨아 댄다. 영순이는 한 손을 쳐들어 호박꽃 줄기를 잡고 반대편 손으로 활짝 핀 꽃잎을 확 오므렸다. 순간 꼼짝없이 꽃술 속에 갇힌 꿀벌은 빠져나오겠다며 필사적으로 붕붕거리며 날갯짓한다.

아이들은 모두 흩어져 가고 처마 밑 그늘에서 늘어져 자던 누렁이가 그 붕붕거리는 애처로운 소리에 잠을 깼던지 측은하고 나른한 눈길로 쳐다본다. 쳐다보다 고개를 살짝 기우는데 살려 주라고 하는 듯한 눈빛이다. 누렁이와 눈을 맞춘 영순이는, 누렁이의 눈빛 때문이었던지 갑자기 꿀벌이 애처롭게 불쌍해졌다.

그리하여 꽃잎을 놔주었다.

순식간에 혼비백산한 꿀벌이 붕- 소리 내며 날아오른다. 얼마나 무섭고 놀랐던지 멀리멀리 날아가 버린다.

꿀벌을 살려 준 마음이 장한 듯 영순이는 창고 위에서 팔짝팔짝 뛴다. 파란 하늘가에 하얀 선을 길게 그으며 줄비행기가 날고 있다. 영순이는 손해양을 하고 햇살이 눈부신 파란 하늘을 쳐다보며 "야… 줄비행기." 한다. 그러다 한 발을 헛디디며 쿵- 하고 떨어졌다.

으앙… 자지러진 울음소리다.

엄마는 맨발로 달려 나가 영순이를 덥석 안았다.

"에구머니나. 이 일을 어쩌니. 그렇게 에미가 뭐랬니? 얌전히 집에 들어와 먹으라 했지… 일을 치려고 그랬어."

으앙… 작은 얼굴이 자줏빛으로 변하고 빨간 목젖이 들여다보인다.

"이 일을 어떻게 하면 좋아. …어디 보자. 어디 아픈데?" 엄마는 영순이의 온몸을 샅샅이 어루만지고 훑는다. 오른쪽 무릎이 벗겨지고 빨간 피가 흐른다. 누렁이도 놀랐던지 낑낑거린다. 곁을 맴돌며 꼬리를 살랑살랑 흔든다.

엄마는 빨간약으로 피가 흐르는 상처를 소독해 주고 하얀 헝겊으로 동여매 주었다.

"하늘이 도왔다. 하늘이 도왔어. 이만하기 천만다행이야… 지난밤 꿈자리가 사납더니 이런 일이 있자고 그랬어."

엄마는 영순이를 안아 아랫목에 앉힌 다음 가마솥 뚜껑을 열고 강냉이 꼬장떡을 손에 쥐여 주었다.

영순이는 눈물이 가랑가랑 맺힌 눈으로 손에 쥔 꼬장떡을 본 다음 빨갛게 피가 밴 무릎을 내려다본다.

또다시 엄마는 "다행이야… 이만하기 천만다행이야." 한다. 며칠이 지났다. 영순이는 "엄마. 발이 아파." 한다. 그러는 영순이의 발을 만져 보고 이마를 짚어 본 엄마는 "미열이 있는 것 같구나. 내일 병원 가 보자." 한다.

다음 날 엄마는 영순이를 업고 시병원으로 갔다.

소아과 여의사는 "일없습니다(괜찮습니다). 며칠이 지나면 좋아질 겁니다." 하며 상처를 치료해 주고 주사를 놔주었다.

며칠이 지났다. 자정이 지났는데 영순이는 "발이 아파… 엄마, 발이 아파." 하며 자지러지게 운다.

그러는 영순이를 안고 어르며 머리도 짚어 보고 온몸을 어루만지던 엄마는 "종아리에 딱딱한 게 짚여. …열도 있고." 한다. 다음 날 엄마는 다시 영순이를 업고 병원으로 갔다. 여의사는 이번에는 "일없습니다. 관절입니다." 했고 약을 처방해 주었다. 그날 밤도, 다음 날도 영순이는 열이 오르며 작은 몸을 뒤척이면서 울음을 그치지 않았다.

"아무래도 이상하네. 병원에서는 관절이라는데 왜 애가 이렇게 열이 내리지 않을까? 양쪽 종아리에 종양 같은 게 짚이는 건 무엇이고. 아무래도 큰 병이 온 것 같아. 병원에서 내린 진단이 오진 아닐까?" 하며 엄마는 영순이를 업고 또다시 병원으로 갔다.

엄마가 항의하며 소아과 과장 선생을 불러내고 외과 과장 선생도 오고해서 검사 결과 '패혈증'이라고 진단이 내려졌다. '패혈증'이란 상처를 통해 핏속에 무서운 균이 침입해 온몸을 돌며 면역을 떨어뜨리고 신체의 장기를 손상시키는 무서운 불치병이다.

당시 '패혈증'에 걸리면 완치한다는 건 거의 불가능했다.

폐결핵처럼 수많은 사람들이 '패혈증'으로 목숨을 잃었던 것이다. 문제는 '패혈증'을 치료할 수 있는 강력한 항생제가 없다는 것이었다. 페니실린, 마이실린이 다였고 희망이 있다면 그 병에 대처한다는 독일에서 들여오는 항생제를 구하는 거였다. 그런데 그 항생제를 구한다는 건 하늘의 별 따기였다. 가문에 높은 당 간부가 있으면 가능했다. 때문에 '패혈증'이라는 진단을 받으면 십중팔구는 생존이 불가능하다고 생각했다.

어린 영순이에게 '패혈증'이라는 청천벽력 같은 진단이 내려졌을 때 엄마는 하늘이 무너질 것만 같았다.

"에구머니나. 이 일을 어쩌니. 하늘도 무심하지… 하필이면 우리 영순이가 '패혈증'에 걸리다니."

영순이는 엄마 품에 안겨 시병원 중환자실에 입원했다.

한 주가 지나고 보름이 지났다. 밤이나 낮이나 영순이의 애처로운 울음소리는 그치지 않았다. 엄마는 한 주가 지나고 보름이 지나도록 한잠도 자지 못했다. 자정이 지나고 새벽이 올 때까지 작은 몸이 불덩이 같이 달아오르며 영순이는 울고 또 울었다.

밤이 되면 엄마는 다른 환자들한테 송구스러워 자지러지게 우는 영순이를 업고 복도로 나갔다. 어두컴컴한 병원 복도에서 고통 속에 애처롭게 우는 불쌍한 어린 영순이를 업고 엄마는 새벽을 맞이했다.

새날이 밝아올 때 울다 지쳐 버린 영순이의 울음소리는 앵앵거리는 모깃소리만 했다. 피골이 상접한 핼쑥한 얼굴엔 핏기라는 건 없고 눈동자가 풀려 올라가 흰자위만 보였는데 기력이 다해져 작은 두 눈을 깜빡거리지도 못했다.

9살 나는 동틀 무렵 먼 길을 떠났다.

청진에서 라진까지는 150리 길이었다.

아버지가 라진시 인민병원 당 비서로 계실 때 경리과에 김만석이라는 젊은이가 있었다. 아버지는 김만석을 당에 입당시켜 주셨는데 입당 보증도 아버지가 서 주셨다. 그러니 아버지가 김만석의 정치적 생명의 은인이셨다.

그 후 아버지는 김만석을 고급 당학교에 추천해 주었다.

당학교를 졸업한 김만석은 라진시 인민병원 원장이 되었다. 북이,

연진, 용제, 삼해를 지나 해변을 걷고 솔밭을 지나고 산언덕을 넘고 하며 부지런히 걷고 또 걸었다.

신발을 벗어 들고 맨발로 걷다 다시 신발을 신고 흐르는 냇물에 목을 축이며 씩씩하게 걸었다.

배고프고 힘든 줄도 몰랐다. 걷는 눈앞에 죽어 가는 영순이의 모습이 보이고 귓가에 애처로운 울음소리가 들리는 것만 같았다.

라진에 도착했을 땐 석양이 질 무렵이었다.

만석이 삼촌은 믿기지 않는 듯 "그 먼 길을 걸었단 말이냐? …용쿠나, 장하다." 하시며 머리를 쓰다듬어 주셨다.

돌아올 땐 운전기사에게 꼭 청진시병원까지 태워다 주라며 신신당부하셨다. 만석이 삼촌이 구해 준 앰플은 4대였다. 난 그때 처음으로 그런 앰플 항생제를 보았다.

자정이 지났을 땐데 중환자실 맞은편 화장실에서 와- 와- 신음 소리를 내며 온몸에 찬물을 끼얹는 소리가 들렸다.

"고열에 너무 고통스러워 저렇게 온몸에 찬물을 끼얹어. 인물 체격이 아까워… 안전원(경찰)이야… 20살이나 됐을까? 저 젊은이도 '패혈증'이래." 엄마의 말이었다.

그렇게 찬물을 끼얹은 그날 새벽 그는 죽었다.

엄마는 또다시 "인물 체격이 아까워." 했다.

영순이가 입원한 지 한 달째 되는 날이었다.

땅거미가 질 때 난 중환자실에 들어섰다.

그런데 분위기가 이상했다.

희끄무레한 불빛 속에 영순이가 침대에 반듯이 누워 있다. 그 작은 머리맡에 엄마가 넋을 놓은 듯 맥없이 앉아 있다. 하얀 가운을 입은 간호원이 엄숙히 침대 곁에 서 있고 나이 지긋해 보이는 과장 선생이 무거운 침묵 속에 뼈만 남은, 앙상한 어린 나뭇가지 같은 영순이를 오래도록 내려다보며 깊은 생각에 잠겨 있다.

다른 환자들도, 보호자들도 근엄하고 근심이 가득한 상기된 얼굴로 영순이한테서 눈길을 떼지 못하고 있다. 난 조금 더 침대 가까이 한발 다가가 영순이를 찬찬히 들여다보았다. 죽었는지 살았는지 눈은 감지 못했는데 종잇장처럼 얇은 눈꺼풀은 미동도 않고 눈동자는 보이지 않는데 흰자위만 어렴풋이 보인다. 작은 입은 조금 벌어져 있고 두 주먹은 꼭 쥐여졌는데 피골이 상접한 작은 몸에 배만 볼록하다.

엄마는 모든 걸 포기한 것처럼 탁 풀어진 눈길로 멍하니 그런 영순이를 내려다보고 과장 선생은 머리를 깊이 숙이고 깊은 생각에 잠겨 뚜벅뚜벅 병실을 몇 발짝 거닌다. 걷다 돌아서고 돌아서선 다시 몇 발짝 천천히 옮긴다.

간호원은 작고 앙상한 영순이의 겨드랑이에서 체온기를 빼 들고 들여다본다. 하얀 수은등이 40도 눈금을 지나 체온기 끝까지 올라가 있다.

뚜벅, 뚜벅, 시멘트 바닥에 조용히 울리는 발자국 소리….

드디어 그 무슨 결단을 내렸는지 과장 선생이 단호하게 머리를 번쩍 쳐들더니 간호원한테 귓속말로 그 무슨 지시를 내린다. 난 긴장되고 숨 막힐 것 같은 병실에서 빠져나와 어둑어둑한 복도를 걸어 밖으로 나왔다.

찬바람이 확 끼치며 어질어질하던 머리가 조금 맑아지는 것 같았다. 밤하늘의 별 무리를 한참 쳐다보는데 서쪽 하늘가에 샛별이 반짝인다. 난 그새 영순이가 죽지 않았을까? 하는 생각이 번쩍 드는 것이다. 더럭 겁이 났다.

갑자기 엄마의 울음소리가 귓가에 맴돈다.

가만히 귀를 기울이니 환청이었다. 난 돌아서서 병실로 향했다. 빠끔히 병실문을 여니 볼록한 영순이 배에는 굵은 주삿바늘이 꽂혀져 있고 과장 선생은 큰 주사기로 복수가 차오른 물을 빼내고 있었다. 침대 곁에 놓여진 그릇에는 큰 주사기로 몇 차례 빼낸 희뿌연 액체가 반쯤 담겨져 있다.

아무런 아픔도, 감각도, 고통도 느끼지 못하는 작은 생명체는 갈비뼈가 앙상한 작은 가슴을 희미하게 오르내린다.

심장이 팔딱거리며 저항하리라… 이겨 내리라… 하는 것만 같다.

조금 벌어진 입, 까만 눈동자가 보이지 않는, 허공을 향해 반쯤 떠진 작은 눈 난 무서움 반, 울렁임 반, 불안함 반으로 다시 캄캄한 밖으로 나왔다. 벽시계가 자정을 가리킬 때였다.

희미한 불빛 속에 병실 안은 고요하기만 한데 엄마는 영순이 옆에 꼼짝 않고 누워 있다. 난 그렇게 누워 있는 엄마모습을 처음 보았다.

온밤 자지러지게 우는 영순이를 업고 엄마는 캄캄한 복도를 걷고 또 걸으며 새날이 밝기를 기다렸다. 함께 아프고 함께 울었다. 그리고 함께 지샜다. 엄마는 꼬박 한 달 동안 한잠도 눈을 붙여 보지 못한 것이다. 아니, 한 시간, 아니 단 1분 1초도 잠을 이루지 못했다. 그런데 그런 엄마가 그 밤 고요히 영순이 곁에서 잠이 든 것이다. 조용히 문이 열리며 과장 선생이 병실에 들어섰다. 침대 곁으로 다가와 한참(한동안) 잠든 엄마를 내려다보던 선생은 "에이… 잠이 들었네. 잠이 들었어. 영순이 엄마 잠들었어." 하며 혼잣소리로 웅얼거린다. 그리고 낙담하는 기색이 역력했다. 그날 밤 고비였다. 죽느냐, 사느냐 하는 것은 그날 밤에 달렸었다. 그리하여 과장 선생도 밤을 지새우는 것이다.

고비라고 생각하는 그런 마지막 날 밤에 엄마가 잠이 들면 아기는 십중팔구 죽었단다. 왜 그런지 예로부터 그랬었고 그렇게 전해지고 알려졌단다. 잠든 엄마의 모습을 한참 들여다보며 과장 선생은 그 밤 영순이가 죽을 수도 있다고 생각한 것 같았다. 그래서 잠든 모습을 보고 그렇게 중얼거리며 낙담한 것이다. 과장 선생은 허리를 굽히고 영순이의 눈꺼풀을 까 본 다음 겨드랑이에서 체온기를 꺼내 든다.

체온기를 꺼내 들고 불빛 속에 비춰 보며 혼잣말로 "얼음이 있어야겠는데… 얼음을 구할 수 없을까?" 한다. 얼음을 팩에 넣어 불덩이처럼 달아오르는 이마에, 가슴에 올려놓으면 몸이 식으며 열이 내릴 것이다.

얼음… 난 작게 부르짖으며 문을 박차고 어둠 속으로 달렸다. 지난 학기 등교했을 때, 등교하여 운동장에 집합했을 때 우리 반 아이들 무리 속에 처음 보는 아이가 눈에 띄었다.

그런데 그 아이는 한눈에 봐도 평양에서 전학 온 아이 같았다. 왜냐면 백옥같이 하얀 피부에 곱상한 얼굴, 단정하고 깔끔한 외모에 목에 두른 빨간 나일론 넥타이가 눈부시게 눈에 비쳤다. 전교에서 그런 질 좋은 나일론 넥타이를 맨 아이는 한두 명뿐이었다. 거의 모든 아이들이 다 인조견으로 된, 붉은색이 선명하지 않은, 금방 꼬깃꼬깃해지는 소년단 넥타이를 두르고 다녔다. 그 색 바랜 인조견 넥타이를 아이들은 다리미가 없어 바닷가 백사장에서 모래 무지에 파묻어 반듯하게 다렸다. 넥타이를 반듯하게 펴놓고 그 우에 무거운 모래를 덮어놓으면, 다리미로 다린 것처럼 반듯하게 펴졌다. 난 하늘하늘 얇고 붉은색이 선명한, 다른 아이들의 인조견 넥타이보다 조금 더 큰 질 좋은 나일론 넥타이를 맨 그 아이가 몹시 부러웠다. 언제면 저런 고운 나일론 넥타이를 맬 수 있을까? 하고 생각했다.

나일론 넥타이를 목에 두르고 평양에서 살다가 새로 전학해 온 그 아이는 이영호였는데 새로 부임돼 온 함경북도 도당 책임비서의 아들이었다.

바다가 한눈에 내려다보이는 양지바른 산기슭에 우뚝 서 있는 천리마 명성 소학교에서 서쪽으로 바라보면 요새처럼 보이는 작은 골짜기가 보였는데 그곳엔 빙 둘러 철책을 치고 그 누구도 얼씬하지 못했다. 철 대문 입구에는 안전원이 보초를 섰는데 도당 책임비서와 조직비서 그리고 몇몇 당 간부들의 저택이 그 안에 있었다. 주변엔 숲이 우거지고 학교 운동장에서 바라보면 철책 안으로 저택 한 모퉁이만 보였다. 대열을 지어 씩씩하게 노래 부르며 등교할 때면 맞은편 차선으로 진녹색 중형 벤츠가 마주 내려올 때가 있었는데 아이들은 오른팔을 쳐들어 소년단 경례를 했다. 짙게 썬팅을 한 벤츠는 사람이 보이지 않았다. 그 중형 벤츠가 영호 아버지 차였다.

천리마 학교가 있고 도당 책임비서와 조직비서, 선전비서의 저택이 있는 명성 지구를 풍치 지구라 하였다.

난 얼음, 얼음 하며 어둠 속을 달렸다.

먹물을 뿌려 놓은 것처럼 캄캄한 길가엔 인적이 없었고 고요한 밤은 벌레들마저 잠든 것 같았다.

대도로를 벗어나 학교로 오르는 언덕길을 지나서 어느새 영호네 저택, 커다란 철 대문 앞에 섰다. 어둠 속에 보초막이 어렴풋이 보이고 불 꺼진 넓은 정원에선 풀벌레가 찌르륵- 찌르륵- 울었다. 난 "영호야! 영호야!" 하고 소리쳤다. 그때 깜짝 놀랐던지 어둠 속에서 "누구얏! 섯." 하고 소리치며 보초병이 총구를 내밀고 나타났다.

"우리 반 영호를 찾아 주세요. 빨리요. 내 동생 영순이가 죽어 가고 있어요. 얼음을 구해야 해요. 우리 학급 영호가 냉동기(냉장고)에서 얼음을 줄 거예요."

난 울먹이며 발을 동동 굴렀다.

보초병은 총구를 내리고 나한테 가까이 다가오더니 어둠 속에 내 얼굴을 찬찬히 들여다보았다.

난 울고 있었다. "아저씨, 영호를 깨워 주세요. 같은 반 영진이가 찾아왔다면 알아요. …얼음이 없으면 내 동생 영순이가 오늘 밤 죽어요."

그날 밤 나는 불 켜진 영호네 집에서 냉동기를 난생처음 보았다. 영호 어머니가 쥐여 준 얼음주머니를 들고 난 병원으로 달렸다.

밝은 해님이 따사로이 비쳐 주었다.

엄마 등에 업힌 영순이가 햇쭉햇쭉 웃는다.

백양나무 가지에 앉은 까치가 깍깍거리고 입원 병동 화단에 핀 백일홍에 호랑나비가 팔랑팔랑 날아 앉는다.

호랑나비 날아와 꿀 좀 주세요.

안 됩니다. 안 됩니다. 잉잉 울다가

고요히 잠들었어요.

영순이는 백일홍에 앉은 호랑나비를 손짓하며 낭랑한 목소리로 읊조린다. 지나가던 간호사가 엄마 등에 업혀 햇쭉햇쭉 웃고 있는 영순이의 얼굴에 코를 맞대고 "영순이 쩨꽁… 우리 영순이 살아났소… 살았지비… 이겨 냈지비… 좋아 죽겠지비… 아이 고와라." 하며 방실방실 웃는다.

식사 시간이면 한 손에 숟가락을 쥐고 "밥 줘… 내 밥." 한다. 환자들은 그러는 영순이를 얼싸안고 "아이 좋겠네. 영순이 이젠 살았네. 고와라." 하며 부산이다. 마침내 영순이는 모진 병마와 싸워 이겨 퇴원하였다.

초저녁에 멀건 죽물로 끼니를 때운 식구들은 일찌감치 불을 끄고 잠자리에 들었다. 엄마는 모든 시름을 잊은 듯하다. 작은 창으로 희끄무레한 달빛이 비쳐 드는데 고이 잠든 엄마의 고르러운 숨소리가 작게 들린다.

벽시계가 땡- 땡- 열두 점을 친다.

그 소리에 잠을 깼는지 영순이가 뒤척이며 칭얼거린다.

"엄마, 사탕… 사탕 줘… 엄마, 과자… 엄마, 고기." 엄마 등에 업혀 기차를 타고 함흥 외할머니 집으로 갔을 때 환갑잔치 큰상에 놓았던 그 사탕이며 과자며 고기며… 어둠 속에 보이는 듯 계속 부르며 찾더니 마침내 으앙- 하고 울음을 터뜨린다. "엄마, 사탕 줘. …사과 …계란."

다음 날도, 그다음 날도 큰 병을 앓고 난 영순이는 온밤 울며 먹고 싶은 그것을 찾았다.

1교시는 국어 시간이다. 아이들은 국어 교과서를 펼쳐 들고 소리 높이 읽는다. "두툼한 비단 이불을 덮고 뜨끈한 아랫목에 앓아 누운 지주네편네는 끙끙, 앓음 소리를 내며 산딸기를 먹고 싶다고 합니다. 황지주는 추운 겨울날 산에 올라 산딸기를 따오라며 머슴살이하는 어린 부엌녀를 한지로 내쫓았습니다. 눈 오는 추운 겨울날, 어데가서 산딸기를 따온단 말입니까? …홑옷을 입고 쫓겨난 부엌녀는 산으로 올랐습니다. 산 중턱에는 눈 속에 묻힌 산딸기나무가 앙상한 가지를 드러내고 추위에 떠는 듯 서 있습니다. 부엌녀는 산딸기나무에게 무릎을 꿇고 빕니다.

[산딸기나무야, 너의 가지에 빨간 열매가 맺게 해 주렴. 나에게 너의 열매를 따게 해 주렴. 난 쫓겨났단다. 산딸기를 따야만 지주집으로 들어갈 수 있어.]

부엌녀는 산딸기나무에게 그렇게 빌고 빌다 눈 속에 묻힌 작은 몸이 얼어 들며 그만 의식을 잃고 쓰러졌습니다.

얼마나 시간이 흘렀을까요. 깍깍거리는 까치 울음소리에 희미하게 눈을 뜨니 이게 웬일입니까? …가지만 앙상했던 산딸기나무에 빨간 산딸기가 가득히 열렸습니다."

난 소리 높이 국어 교과서를 읽으며 까만 칠판 위에 걸린 원수님 초상화를 쳐다보았다. 사진 속 원수님은 인자한 모습으로 아이들을 내려다보고 계신다.

난 부엌녀처럼 원수님께 마음속 깊이 빌었다.

'아버지 원수님, 큰 병을 앓고 난 우리 영순이가 사탕을 먹고 싶어 합니다. 사과, 고기도 먹고 싶어 합니다.'

난 그렇게 빌며 고개를 숙이고 책상 밑 서랍을 들여다보았다. 아버지 원수님께서 나의 소원을 들어주시지 않을까? 해서였다. 금방이라도 책상 서랍에 영순이가 그렇게도 울며 찾는 사탕, 사과, 계란이 들어 있을 것만 같았다. 눈 속에 열린 빨간 산딸기처럼 말이다.

산딸기나무에는 빨간 산딸기가 열렸지만 내 책상 서랍엔 아무것도 없었다. 학교가 파하고 난 여느 때처럼 영식이네 집으로 가지 않고 할 일없이 마을 어귀를 빈둥거리며 한 바퀴 돌았다.

순남이네 뒤뜰 안을 지날 때였다.

꿀- 꿀- 꿀- 어데선가 꿀꿀이 울음소리가 들렸다. 고개를 돌려 소리 나는 쪽을 보니 텃밭 가장자리에 지어 놓은 돼지우리에서 들려오는 소리였다. 난 다가갔다. 돼지가 놀랄세라 살금살금 다가가 돼지우리를 들여다보았다. 눈이 녹고 텃밭에 감자를 심은 날이었다. 그날이 장날이어서 엄마는 순남이 엄마와 함께 인곡동 농민시장으로 갔다. 나도 가고 싶어 떼를 쓰며 따라갔다. 엄마는 "그 먼 길을 어떻게 간다고 그러니 걷지도 못하면서." 하며 잔뜩 얼굴을 찌푸렸다.

순남이 엄마는 도투 새끼를 산다 했고 엄마는 메밀 씨앗을 산다 했다. 농민시장에서 돼지 새끼 한 마리 값이 엄마 한 달 월급과 같았다. 45원이었다.

인곡동 농민시장에는 화교들이 많았다.

화교들은 채마밭에 인분을 주어 채소들이 무럭무럭 자라게 만들었다. 장사를 하는 화교들 중에는 전족을 하고 머리를 쪽지고 비녀를 꽂은 할머니들도 있었고 치아가 다 빠진 할아버지들도 있었다. 화교들은 흥정할 때 목소리가 한 옥타브 높았고 옷에 때가 끼어 반들반들했다.

화교들은 가판대에 앉아 물감도 팔았고 사카린도 팔았다. 큰 광주리와 판자로 틀을 짠 리어카에 담고, 실은 새끼 돼지, 어미 닭, 병아리,

강아지 새끼들을 팔았다. 뿐만 아니라 화교들은 별의별 물건들을 다 팔았다. 엄마는 메밀 씨앗이 없어 빈손으로 돌아섰지만 그날, 순남이 엄마는 5원을 깎겠다며 해 질 녘까지 흥정하여 마침내 복슬복슬한 돼지 새끼를 40원에 사 가지고 업고 왔다.

귀여운 새끼 돼지는 쨉쨉- 소리 내며 아무거나 잘도 먹고 잘도 자고 잘도 컸다. 가마목에 오구리고 앉아 씨늘한 가마솥 뚜껑에 두 손을 올려놓고 바람 소리 들려오는 창밖을 내다보며 엄마를 기다리는데 뭐라고 고래고래 소리 지르는 순남이 엄마 고함 소리가 크게 들렸다. 순남이네 돼지우리 켠에는 동네 아낙네들이 여럿이 서 있고 그 무슨 큰 죄를 진 것처럼 머리를 깊이 숙이고 선 순남이도 보였다.

잔뜩 화가 난 순남이 엄마가 깊이 머리를 숙이고 선 순남이 머리를 쥐어 박으며 소리쳤다.

"야, 이 머저리 새끼야… 똑바로 말해 봐. 도투한테 뭘 줬어? 뭘 줬냐고."

순남이는 기어 들어가는 소리로 "게딱지…." 한다. 돼지는 짠 것을 먹으면 죽는데 그걸 몰랐던 순남이가 짜가운 게딱지를 쏟아 준 모양이다.

"오우 나는 이 아새끼를 어쩌면 좋니… 야, 이 새끼야. 너를 팔아두 못 산다. 얼만지 아니?"

잔뜩 울상이 된 순남이 엄마는 이렇게 소리치며 또다시 순남이를 쥐어 박았다.

돼지우리 안에선 온몸이 벌겋게 된 새끼 돼지가 입에 거품을 물고 꿀꿀거린다. 영식이 엄마가 텃밭에서 돼지가 잘 먹는 능쟁이를 뽑아 들더니 "이걸 줘 보기오. 먹나?" 하며 던져 준다. "에이구, 저 맛있는 것두 못 먹네. 글렀소. 내 생각엔 살기 글렀소." 검정색 뽀뿌링 몸뻬에 때가 낀 헐렁한 민소매 흰 셔츠를 입은 영찬이 엄마가 빈정거리듯 말한다.

연년새 엄마가 마른 낙지(오징어) 꼬리를 입에 물고 질근질근 씹으며 "순남이 엄마, 애꿎은 애만 쥐어 박지 말고 내 말대로 해 보우. 가위로 도투 새끼 귀를 베놓지. 그러면 살아날지도 모름매. 내 말대로 해 보라니깐. 그렇게 피를 뽑으면 된다니깐." 한다.

그러자 순남이 엄마가 집으로 달려가 가위를 들고 나왔다.

"가위 줘 봅지. 내가 벨게." 하며 연년새 엄마가 가위를 받아 들고 돼지우리로 내려선다. 그렇게 귀를 베고 피를 뽑았어도 돼지 새끼는 살아나지 못했다. 감자꽃이 필 때 순남이 엄마는 벼르고 벼르다 다시 인곡동 농민시장으로 가 또다시 새끼 돼지를 샀다.

감자꽃이 지고 감자를 캘 때 순남이 엄마는 순남이 주먹만 한 감자를 돼지에게 던져 주며 "에이구, 잘도 먹네." 한 다음 꿀꿀거리는 돼지의 배를 슬슬 긁어 주며 머리부터 뻠으로 재보고는 "네 뻠이야. 네 뻠이면 어림잡아 40킬로그램은 되겠네. 1킬로그램에 생체로 3원 50전이니 얼마야?" 하고 손가락으로 꼽아 보았다.

그 생각을 하며 난 꿀꿀거리는 하얀 돼지를 찬찬히 내려다보았다.

'저놈의 돼지가 죽었으면… 죽으면 영순이가 돼지고기 국물을 먹을 수 있겠는데' 하고 생각했다.

집에서 키우는 돼지는 주인이라 할지라도 마음대로 잡아먹지 못한다. 꼭 나라에 수매해야 한다. 만약 개인이 잡아먹으면 법에 걸린다. 그러나 키우다 병에 걸렸거나 어쩌어찌하여 부득이하게 죽은 돼지는 주인이 마음대로 할 수 있다.

소를 제외한 나머지 집짐승들은 개인이 집에서 키울 수 있다. 개인이 집에서 키웠다 하더라도 돼지만은 꼭 나라에 수매해야 하고 나머지 짐승들은 집에서 잡아먹을 수 있다.

염소나 양이나 개를 잡으면 큰 가마솥 두 개에 각을 떠 앉힌다. 펄펄 끓여 다 삶아지면 냄비에 국물을 떠 집집에 돌린다. 여러 집에 나눠 줘야 하기 때문에 될수록 물을 넉넉히 부어 끓인다. 잘게 썬 고기 조각은 몇 점씩만 떠 있다.

닭만은 잡으면 나눠 먹지 않는다. 닭이 작은 집짐승이기 때문이다. 잡아 놓으면 고기가 얼마 되지 않기 때문이다.

개인이 키울 수 없고 협동 농장이나 공장, 기업소에서 부림소로 키우는 소는 어쩌어찌하다 죽으면 마음대로 처리하지 못하고 나라에 바쳐야 한다. 평양으로 무조건 올려 보내기 때문이다.

실례로 농장의 부림소가 수렁에 빠져 죽었다 하면 죽은 소라 하더라도 바쳐야 한다.

그렇기 때문에 소고기만은 평생 한 번도 먹어 보지 못한다.

나머지 집짐승들의 고기 맛은 맛볼 수 있다.

돼지고기는 일 년에 두세 번 먹어 본다.

설이나 경사스러운 봄 명절에 식구별로 식료카드를 체크하고 공급해 준다. 설 명절날 우리 집에 차려지는 돼지고기는 뼈째로 1킬로 400그램이었다. 소와 돼지를 제외한 집에서 키워 잡아먹을 수 있는 집짐승들은 대체로 집안에 대사가 있거나 식구 중 누가 몸이 쇠약하여 앓아누우면 잡는다. 영양 보충 시켜야 하기 때문이다.

토끼와 양은 잡으면 가죽은 나라에 바쳐야 한다. 가죽으로 나라의 방선을 철벽으로 지키는 인민 군대의 털외투를 만들어야 하기 때문이다.

순남이네 돼지우리 위에는 내 머리통만 한 호박이 두 개 열려 있다. 난 텃밭 가장자리에서 능쟁이를 한 움큼 뜯어 꿀꿀거리는 돼지에게 던져 주었다. 쩝쩝거리며 잘도 먹는 꿀꿀이를 한참 내려다보며 또다시 '저눔의 돼지 새끼가 죽었으면… 그러면 영순이가 돼지 국물을 먹을 수 있겠는데' 하고 생각했다.

난 벌떡 일어섰다. 그다음 집으로 달렸다.

어느새 집으로 들어선 난 가마솥 뚜껑을 열고 쌍둥이형 점심 밥그릇에서 강냉이밥 서너 숟가락을 퍼냈다. 그다음 식장(찬장) 서랍을 열고 이소니찌드가 든 약병을 꺼내 들었다. 결핵약인 이소니찌드는 어느 집에나 다 있었다. 나라에서는 소련에 금을 주고 이소니찌드를 수입해 온다 하였다. 수많은 사람들이 폐결핵으로 죽어 가기 때문이다. 엄마는 퇴근해 들어오면 "이소니찌드 먹었니?" 했다. 어른은 하루 6알씩, 아이는 3알씩 매일 먹어야 했다. 그래야 예방할 수 있다고 했다.

결핵 환자들은 어른은 12알씩, 아이는 6알씩 먹었다.

엄마가 "오늘 이소니찌드 먹었니?" 했을 때 내가 "안 먹었어." 하면 "왜 안 먹었는데?" 했다. 난 "써서 먹기 싫어." 하면 엄마는 "왜 에미 말을 그렇게 안 듣는데. 매일 꼭꼭 먹어라 했잖아. 저 아새낀 누굴 닮아서 저렇게 말 안 들을까?" 했다.

학교에서 돌아온 난 점심밥을 먹고 엄마가 또 야단칠까 봐 이소니찌드를 먹었다. 3알을 물과 함께 꿀꺽 삼킨 다음 이렇게 생각했다. '매일 먹기 귀찮은데 한꺼번에 다 먹을 거야. 한꺼번에 많이 먹으면 몸속에 들어 있는 결핵균이 꼼짝없이 다 죽을 거야… 그러면, 결핵균이 다 죽으면 이 쓴 약을 더는 안 먹어도 돼' 하고 생각했다.

난 약병을 손에 들고 뚜껑을 연 다음 붉은 패끼 반씩만한 하얀 이소니찌드를 손바닥에 쏟았다. 그다음 눈으로 한 알, 두 알 하고 세었다. 16알이었다. 가만히 생각해 보니 적은 것 같았다. '한꺼번에 더 많이 먹어야 해… 그리하여 강력하게 몸속의 결핵균이 꼼짝 못하고 죽게 해야 해… 그러면 더는 매일 3알씩 예방약을 먹지 않아도 돼' 하고 생각했다. 나는 오른손에 쥔 약병을 기울여 흔들며 왼손바닥에 더 쏟았다. 이미 쏟은 16알에 더해져 28알이 되었다. "됐어. 이만하면 꼼짝 못하고 다 죽을 거야."

난 이소니찌드 28알을 한꺼번에 입에 털어 넣고 물과 함께 꿀꺽꿀꺽 삼켰다. 어두컴컴한 물독 뒤에서 어미 쥐가 빠끔히 머리를 내밀고 까만 눈을 반짝이며 '너 뭘 먹니?' 하듯이 빤히 쳐다본다.

벽시계가 땡땡- 하고 두 점을 쳤다. 쳐다보니 오후 2시였다.

벽시계가 2점을 쳤는데 또 금방 3점을 친다.

그다음 정신이 가물가물하며 4점을 치는 소리가 아득히 먼 곳, 꿈속에서 작게 들려오는 소리 같다. 아랫목에 앉았던 난 두 손을 장판에 짚고 어질어질 일어나 벽에 걸린 금이 간 희뿌연 거울을 들여다보았다. 그런데 하얀 토끼 눈처럼 눈알이 빨갛게 충혈되었고 불에 덴 것처럼 점점 화끈 달아오르는 얼굴이 뻘건데 가는 목덜미엔 불깃불깃한 반점이 생겼다. 심장이 세차게 고동치는 것처럼 울렁거리고 코와 입으로 뜨거운 열기가 화끈 뿜어져 나오는 것 같았다.

작은 창으로 보이는 바깥 풍경이 노래졌다가 붉어졌다가 꺼매졌다가 하는데 난 더럭 겁이 났다. 죽지 않을까? …이런 생각이 번쩍 드는 것이다. 생각은 거기까지였다. 눈앞에 보이는 것도 거기까지였다. 얼마나 시간이 흘렀을까? 희미하게 눈을 떴을 때 두려움과 무서움과 근심과 공포에 두 눈을 부릅뜨고 나를 내려다보는 눈들이 어렴풋이 보였다. 가마솥에서 뿜어져 나오는 희뿌연 김이 방 안에 하얗게 서렸는데 캄캄한 창밖은 저녁인 것 같기도 하고 새벽인 것 같기도 하였다.

커 가면서 내가 속을 썩일 때 엄마는 "그때 이소니찌드 한 줌 먹었을 때 콱 죽기나 하지… 살아서 이렇게 에미 속을 썩이지 말고." 했다.

강냉이밥과 이소니찌드 약병을 든 나는 꿀꿀이가 부르는 것처럼 돼지한테로 달렸다. 나는 정신 나간 아이처럼 이소니찌드 한 줌에 강냉이밥을 꾹꾹 눌러 감싸 돼지에게 던져 주었다.

불룩한 배를 뉘고 자던 돼지는 머리맡에 먹음직스러운 만두 같은 주먹밥이 떨어지자 이게 웬일이냐는 듯 꿀꿀거리며 덥석 통째로 삼켰다. 그리곤 맛있는 능쟁이를 먹을 때처럼 쩝쩝 입을 다셨다. '오늘 밤 돼지가 내가 이소니찌드를 먹고 그랬던 것처럼 죽을 수도 있고 안 죽을 수도 있어' 난 꿀꿀이를 빤히 내려다보며 그렇게 생각했다.

솔직히 한편으론 죽었으면 좋겠고, 그래서 영순이가 고기 국물을 먹었으면 했고 한편으론 죽지 말았으면… 했다. 왜냐면 만약 죽으면 돼지가 너무나도 불쌍하고 순남이한테도, 순남이 엄마한테도 씻을 수 없는 큰 죄를 짓는 것이라고 생각했다. 그리고 죽으면 두고두고 죄책감이 들고 후회할 것 같았다.

그날 밤도 영순이는 밤새도록 "엄마, 고기… 고기 먹구 싶어. 사과… 사탕 줘." 하며 울었다.

작은 창에 걸린 하얀 반달을 쳐다보다 가물가물 잠이 들었고 영순이 울음소리에 가물가물 잠을 깼다. 그러다 영순이 울음소리를 꿈속에서처럼 들으며 또다시 잠이 들었다. 사근사근 정지방에서 들려오는 소리에 잠에서 깼을 때 엄마가 일어나 부엌에 불을 지피고 가마솥을 부실 때였다. 창밖은 어두운데 아마도 새벽인 것 같았다. 그런데 가만히 귀 기울이니 그 목소리는 순남이 엄마 목소리였다. 순남이 엄마가 말했다.

"뜨거우니 덥히지 않아도 되꾸마. …많지 않소. 몇 집 떠다 돌렸더니 얼마 남지 않았소. 워낙 돼지가 작지 않소. 한 40킬로그램 나갈 것 같습데. 물티(펄펄 끓는 물에 털 뽑는다는 말) 했수꾸마. 날래(어서) 영순이한테 먹이오. 국물을 다른 집보다 조금 더 퍼 담았소. 고기도 더 넣고."

난 속이 뜨끔했다. 솔직히 그렇게 돼지가 죽을 줄은 몰랐다.

"죽었구나. 진짜로 죽었구나." 난 작게 웅얼거렸다. 머리가 하얘지는 것 같았고 크나큰 죄책감이 들었다.

엄마 목소리가 부엌켠에서 들렸다.

"아니, 많지도 않은 데서 이걸 뭘 떠내 오느라구… 애들이나 먹이지… 그런데 왜 죽었을까요?"

순남이 엄마 목소리가 들렸다.

"글쎄 말이오. 그렇게 아무거나 잘 먹으며 잘 크더니… 갑자기 아침까지도 아무렇지 않더니만 저녁부터 뻘겋게 열이 오르며 입에 거품을 물고 꿀꿀거리기에 애아버지가 아무래도 살릴 것 같이 못하다면서, 죽기 전에 잡는다면서 잡았어요." 부엌켠에서 사근사근 조용히 들려오는 순남이 엄마 목소리가 내 작은 가슴에 정통으로 날아와 박히는 것 같았다. 엄마도, 쌍둥이형들도, 영순이도, 아무도 모른다. 강산이 몇 번 바뀌었어도 난 그 일이 잊혀지지 않는다.

아버지가 배정받은 사회주의 문화 주택은 당시 유명했던 고등경제학교 캠퍼스와 이어져 있었다. 학철이 할머니 말에 따르면 유럽풍으로 멋스럽고 고풍스럽게 지어진 그 학교는 해방 전 교회당이었단다.

바다와 잇닿아 있는 산기슭에 높고 방대한 석축을 정교하게 쌓고 그 우에 날아갈 듯 아름답게 지어진 건축물은 한 폭의 그림 같았다. 내가 소학교를 마칠 무렵 고등경제학교는 다른 곳으로 옮겨 가고 그 건축물은 원수님 특각(별장)이 되었다.

학교 캠퍼스였던 넓고 아름다운 숲에 빙 둘러 시멘트로 높게 담을 쌓고 그 누구도 얼씬 못하게 보초를 섰다. 그리고 계급 토대가 안 좋은 주변의 몇몇 집들을 멀리로 이주시켰다.

우리 마을은 아름다웠다. 멀리 내려다보이는 청진만 백사장의 소나무 숲은 무려 30리에 달했다. 집 앞으로 보이는 야트막한 고말산 해송길을 따라 굽이굽이 바다로 뻗어 나간 비탈길을 걸으면 하얀 등대가 있었다.

봄이면 그 해안선 절벽을 따라 우윳빛 안개가 감돌고 등대 고동 소리가 붕- 붕- 길게 들렸다.

항구 도시를 관통해 흐르는 수성천은 수정처럼 맑았다.

특각이 생기기 전 우리 집과 고등경제학교 캠퍼스는 이어져 있었는데 그 한적하고 꽃나무 우거진 숲은 나의 놀이터였다.

아침에 눈을 떠 똥이 마려우면 난 쪼르르 숲으로 달려갔다. 짧은 멜빵바지를 벗으려면 빨간 격자무늬 반소매 상의를 벗어야 했다. 반소매 셔츠를 벗어 숲에 던져 버리고 멜빵바지를 내리고 엉덩이를 까고 앉아 똥을 쌌다. 시원하게 똥을 누며 손을 뻗어 꽃나무에 앉은 잠자리 꼬리를 잡으려 하고 범나비를 잡으려 했다. 살그머니 잡으려면 파르륵 날아가 버렸다. 어떤 땐 꼼짝없이 잡힐 때도 있었다. 똥을 다 누곤 깜빡해 휴지가 없으면 풀잎으로 엉덩이를 닦았다. 닦고는 일어서서 멜빵바지를 끌어올리며 집으로 달렸다. 출근 준비로 바쁜 엄마가 옷을 입히려고 찾다 "우에 옷 어떻게 했니? 또 똥 누고 숲에 두고 왔구나." 하면, 난 그때야 생각나 숲으로 달렸다. 내가 두고 온 옷을 가지러 숲으로 달릴 때마다 엄마는 "이 청개구리야." 했다. 학교에서도 선생님이 내 한쪽 귀를 잡아당기며 "이 청개구리야." 했다. 난 계속 반대로만 했다.

왜 그랬는지 모르겠다. 옷도 매번마다 거꾸로 입고 뒤집어 입었다. 혁띠(벨트)도 반대로 맸다. 엄마가 밥을 먹으라면 안 먹겠다고 했고 먹지 말라면 먹겠다 했다. 추운데 밖에 나가지 말라면 나가겠다 했고 나가 놀라면 안 나가겠다 했다. 그러면 엄마가 또다시 "이 청개구리야." 했다.

매일 쪼르르 달려가 똥 누는 숲속은 자연히 재무지가 되었다. 아이들이, 어른들이 재(석탄재)를 버렸다. 죽은 강아지새끼도 버렸다.

해 질 녘이면 땡- 땡- 종이 울렸다.

아이들은 "야 개장수 왔다." 하며 재무지로 달려갔다. 달려가 어미가 낳자마자 죽은 버려진 강아지 새끼를 주워 왔다. 그러면 개장수는 옅은 파랗고 빨간 껌을 하나씩 주었다. 아이들은 좋아라 짝짝 소리 내며 씹었다.

숲속엔 꽈리 나무도 있었다. 여자애들은 빨간 꽈리를 따 머리핀으로 씨를 파내어 입에 넣고 까드득- 까드득- 소리 내며 불었다.

작은 재무지 가장자리에는 깜태나무도 있었다. 아이들은 까만 깜태를 따 가지고 입에 넣었다.

그날도 나는 똥을 누려 숲속으로 달려갔다. 재무지 옆에 엉덩이를 까고 앉아 똥을 누는데 버려진 하얀 강아지 새끼가 눈에 띄었다. 자세히 보니 한 마리는 죽었고 한 마리는 꼬물거리며 살아 있었다. 난 산 놈을 제꺽 안았다. 안고 정신없이 집으로 달렸다. 엄마는 "그걸 뭐라고 집으로 안고 왔니? 살리지도 못하겠는데 버리지 못하겠니?" 했다.

난 겨울 모자에 강아지를 담아 따뜻한 가마목에 놓았다. 약통을 뒤져 배가 아플 때 먹는 가루약 봉지를 찾아냈다. 숟가락에 탄 약을 입을 벌리고 조금씩 쏟아 넣었다. 저녁 때 끓인 염소젖을 조금씩 조금씩 숟가락에 떠먹였다.

그렇게 이삼일 지났을 때였다. 죽어 가던 강아지가 눈을 뜨고 발발 기어 다닌다.

또 하루가 지나니 깽깽거렸다.

다시 하루가 지나니 모자에서 나오겠다며 버둥거렸다.

그러던 강아지가 죽었다.

눈을 뜨니 꿈이었다. 난 불을 켜고 곤히 자고 있는 강아지 새끼를 찬찬히 들여다보았다. 아침이 밝았을 때 강아지는 나보다 먼저 잠을 깼다. 보름이 지났을 때 나를 빤히 쳐다봤고 한 달이 됐을 때 쩜쩜거리며 죽을 조금씩 먹었다. 하얀 털은 조금씩 윤기가 돌고 하루가 다르게 커 갔다. 난 귀여운 강아지에게 이름을 지어 주려 했다. 뭐라고 지을까? 곰곰이 생각하고 또 생각해도 예쁜 이름이 떠오르지 않는다. 밤이 깊어 잠들려고 할 때 스피커에서 〈눈이 내린다〉의 노랫소리가 흘러나왔다. 난 노랫소리를 들으며 강아지에게 '흰눈이'라고 이름을 지어 줘야겠다고 생각했다.

다음 날부터 강아지를 '흰눈이'라 불렀다. '흰눈이' 하면 빤히 쳐다보며 꼬리를 살랑살랑 흔들었다. 조금 컸을 때 부엌문을 활짝 열어젖히고 '흰눈아' 하고 부르면 멀리서부터 쏜살같이 달려왔다. 내가 숲으로 달리면 신이 나서 함께 달렸고 집을 지키다 주인의 발자국 소리를 듣고는 쏜살같이 달려 나오며 매달렸다.

맑게 갠 아침 산비둘기 무리가 숲에 내려앉았다. 공중에서 날갯짓하던 수리개가 산비둘기 무리에 내리꽂혔다. 놀란 비둘기들이 구구구- 소리 내며 날아올랐고 그중 한 마리가 꼼짝없이 날카로운 발톱에 잡혔다. 순간 '흰눈이'는 쏜살같이 비둘기를 덮친 수리개를 공격했다. 놀란 수리개가 날아오르며 덮쳤던 비둘기를 떨어뜨렸다. '흰눈이'는 풀숲에서 파닥거리는 비둘기를 물고 달려왔다. 수리개에게 공격당한 산비둘기는 깃털이 뽑혔고 부리가 잘려 나갔다. 난 비둘기를 작은 바구니에 담아 키웠다. 부리가 잘려 나간 비둘기는 먹이를 쪼아 먹지 못했다. 난 낱알을 입에 넣어 주고 물을 떠먹여 주었다. 비둘기는 잘도 받아먹었다. 상처 입은 비둘기는 회복되어 다시 하늘을 날 수 있게 되었다. 하늘 높이 날려 보냈을 때 아팠던 비둘기처럼 나도 아팠다.

　의식이 가물가물했다. 따뜻한 아랫목에 새우등을 하고 누워 있는 나를 아버지는 흔들어 깨웠다. 온기가 있는 가마솥 뚜껑을 열고 잊지 말고 꼭 먹으란다. 가마솥엔 사발에 담겨진 꿀물과 쌉쓰레한 달인 약물이 들어 있다. 아버지는 문을 열고 나가시며 또다시 꼭 먹어야 한다며 당부한다. 작은 창으로 이른 오전의 햇살이 비껴든다. 난 몸이 불덩이 같았다. 깜빡깜빡 의식이 희미해졌다. 불투명한 의식 속에 밖에 나가 맨땅에 눕고 싶었다. 차가운 쪽에 누우면 뜨거운 몸이 식어지리라고 생각했다. 난 기어서 밖으로 나갔다. 뒤뜰에 누웠다. 꼭 감은 얇은 눈꺼풀 속으로 뜨거운 햇살이 비쳐 들었다.

　세상은 온통 빨갰다. 작은 몸이 점점 땅속으로 잦아들고, 간간이 새나오는 작은 숨결은 뜨거운 열기를 토해 냈다. 귓가에 뻐꾹- 뻐꾹- 하는 뻐꾹새의 울음소리가 처량하게 들렸다. '흰눈이'는 내 곁에 앉아 있었다.

　깜빡깜빡 이어졌다 끊기는 의식 속에 난 아버지가 빨리 돌아왔으면 싶었다. 시간은 자꾸만 흘렀다. '흰눈이'는 내 곁에 엎드렸다.

　불덩이처럼 끓어오르는 고열에 의식을 잃었던지 흔들어 깨우는 소리에 희미하게 눈을 뜨니 아버지였다. 아버지의 목소리가 꿈속에서처럼 들렸다.

　"왜 밖에 나와 맨땅에 누웠느냐. 왜 약을 먹지 않았느냐."

아버지는 나를 안아 들어 올렸다. '흰눈이'도 내 곁에서 몸을 털며 일어섰다. 다친 비둘기처럼 아픈 내 곁엔 언제나 '흰눈이'가 있었다.

난 집 앞에 쪼그리고 앉아 엄마를 기다리며 큰 길가를 하염없이 내려다보았다. 석양이 지고 땅거미가 내릴 때까지 일 나간 엄마는 돌아오지 않는다. 내 곁에 앉은 '흰눈이'도 함께 기다린다.

기다림에 지친 난 일어서려 한다. 그런데 일어설 수가 없다. 땅을 짚고 일어서니 걷지 못하겠다. 두 다리에 힘이 빠지며 한 걸음도 떼지 못한다. '흰눈이'도 움직이지 않았다. 해님이 밝은 빛을 비춰 줄 때 아버지는 걷지 못하는 나를 업고 시병원을 가신다. '흰눈이'도 따라 걸었다.

아팠던 비둘기가 다시 날아오른 것처럼 아팠던 내가 다시 일어섰을 때 30년 만에 처음이라는 태풍이 휘몰아쳤다. 저수지 둑이 터지고 집들도 떠내려갔다. 창고도 떠내려가고 호박, 박도 떠내려갔다. 돼지, 염소, 양들도 떠내려갔다. 그 사품 치는 물결 속에 '흰눈이'도 떠내려갔다. 떠내려간 돼지와 염소, 양들은 살아 돌아오지 못했지만 3일이 지났을 때, 그리하여 냇물이 줄었을 때 용케도 죽은 줄만 알았던 '흰눈이'가 기적처럼 살아 돌아왔다. 사품 치는 물결 속에 격랑이 이는 바다로 떠내려가다 구사일생으로 헤엄쳐 빠져나와 산길로 빙 에돌아 걷고 걸어 사흘 만에 집을 찾아온 것이다. '흰눈이'는 삐쩍 말라 있었다. 난 '흰눈이'를 끌어안았다.

나를 부르는 영식이 목소리다. "인곡동 농민시장에서 화교들이 싱개미(싱아) 판대. 한 묶음에 50전이래 나한테 돈 있어. 같이 가.”

싱개미란 말에 입안에 시큼한 군침이 돌았다.

십리를 걸어 농민시장으로 갔을 때 싱개미는 다 팔리고 없었다.

아쉬운 맘에 시장을 한 바퀴 둘러보는데 입구 쪽에 바구니에 담긴 노란 병아리 새끼들이 보였다.

난 가까이 다가가 전족을 한 화교할머니에게 한 마리 얼마냐고 물었다. 5원이라 하였다. 난 병아리 한 마리를 집어 들었다. 놀란 병아리가 손안에서 파닥거렸다.

예쁜 병아리를 너무 사고 싶었다. 그런데 돈이 없었다.

난 병아리를 손에 들고 곰곰이 생각했다.

“이 병아리 다섯 마리를 사다 키우면 어미가 될 거구. 어미가 되면 알을 낳을 거야. 하루에 1알씩만 낳아도 다섯 마리면 다섯 알이 돼 한 알에 농민시장에서 40전이니 5알이면 얼마야? 2원이잖아. 매일 다섯 알씩 한 달을 모으면? 150알이지. 150알이면 값이 얼마야? 60원이잖아. 엄마 한 달 월급이 45원이니… 우아, 엄마 한 달 월급보다 많잖아?”

이렇게 생각한 난 갑자기 머릿속에 한 가지 기발한 생각이 떠올랐다. 난 화교할머니에게 말했다.

“할머니, 이 예쁜 병아리 다섯 마리를 꼭 사고 싶은데요. 그런데 돈이 없어요. 제가 입은 이 솜동복과 병아리 다섯 마리를 바꾸지 않겠어요? 할머니께서 저에게 병아리 다섯 마리를 주고 이 솜동복을 되파시면 병아리 열 마리 값은 받을 거예요.”

난 제격 옷을 벗어 할머니에게 내밀었다.

화교할머니는 덥석 내 옷을 받아 들더니 두 손을 쳐들어 펴 본 다음 활짝 웃으며 그러노라 하였다.

난 병아리 다섯 마리가 담긴 바구니를 안고 집으로 향했다.

알을 낳는 어미 닭이 보였고 꼬꼬대 꼬꼬 하는 소리가 귀에 들렸다. 대로변을 벗어나 집 언덕을 오를 때였다.

영순이를 업고 한 손에 다라를 든 엄마가 마주 걸어오는 게 보였다. 엄마를 보는 순간 난 큰 죄를 지은 것처럼 가슴이 뜨끔했다.

어느새 내 앞에 다가온 엄마는 의아한 눈으로 "아니, 그게 뭐야? 니 솜동복은 어떻게 하고 맨내의 바람이야? 그 바구니는 뭔데?" 했다. 난 엉거주춤하며 바구니를 뒤로 감췄다.

한발 더 가까이 다가온 엄마가 손을 뻗어 바구니를 낚아채더니 "어머, 세상에. 니 시장에 갔댔나? 이 병아리 새끼는 뭔데? 니 솜동복 벗어 주고 이걸 바꿨나?" 했다.

내가 쭈뼛거리며 목을 움츠리자 엄마는 "오우 나는 이 아새끼를 어쨌으면 좋겠니? 한겨울에 솜동복 없이 얼어 썩어제라." 하며 내 머리를 쥐어박더니 "이 등신아. 사람 먹을 것도 없는데 그 닭 새끼한테 뭘 먹인다고 그러니? 그 닭 새끼는 그저 크는 줄 아나? 그저 알을 낳는 줄 아냐구? 니 손가락 뽑아 멕이겠니?" 했다.

아버지는 크크크 하고 웃었다.

아버지는 예쁜 병아리들한테 온갖 정성을 기울이셨다.

마당 한켠에 널빤지로 닭장을 짓고 잘게 썬 배추에 옥수숫가루를 버무려 병아리들에게 주었다.

그러면 빼빼거리며 잘도 쪼아 먹었다.

마른 게딱지를 쇠 절구에 찧어 가루 낸 다음 옥수숫가루와 잘게 썬 배추와 섞어 먹이기도 했다.

다섯 마리의 병아리가 자라 중닭이 되었고 그다음 더 자라 어미가 되었고 또 더 자라 알을 낳게 되었을 땐 한 마리만 남았다.

석양이 지는 창밖을 내다보다 잠이 들었을 때 마을 아낙네들의 고함 소리가 꿈결에서처럼 어렴풋이 들렸다. 눈을 뜨고 밖을 내다보니 닭을 낚아챈 수리개가 하늘 높이 날아가고 있었다. 새날이 밝았을 때 간밤에 족제비가 닭장 틈새로 침입해 닭 한 마리를 물고 달아난 것을 알았다. 아버지가 장기 출장 다녀오신 날 엄마가 닭 한 마리를 끄집어 내 모가지를 비틀었다. 볏이 붉은 어미 닭이 꼬꼬대 꼬꼬 하고 울었다.

엄마는 "닭이 알 낳았는매다. 빨리 나가봐라." 했다. 나가보면 알이 없었다. 하도 이상하여 아버지가 지켜봤더니 어미 닭이 알을 낳고는 자기 알을 쪼아 먹었다. 그러다 보니 한 마리만 남게 되었다. 그 마지막 한 마리는 알을 매일 한 알씩 꼭꼭 낳았다. 꼬꼬대 꼬꼬 꼬꼬대 꼬꼬 하고 울면 난 뛰어나가 닭장 문을 열고 금방 낳은 알을 집어 들었다.

그리곤 "엄마, 따끈따끈해." 했다.

엄마는 따끈따끈한 알을 받아 들고는 제격 소금 단지에 묻었다. 그렇게 모은 알은 쌀 궤짝에 보관했는데 굳게 열쇠가 잠겨져 있었다.

엄마의 아픈 다리는 점점 더 심해 갔다.

연년새 엄마가 엄마에게 또 말했다.

"왜 내 말을 듣지 않소? 눈을 꾹 감고 아까워도 닭알 5알만 먹어 보라니깐 그러오. 할미꽃 뿌리에 같이 삶아서 말이오. 그러면 직방이라 질 않소. 그러다 심해져 영영 걷지 못하게 되면 어쩌려고 그러오."

난 산에 올라 할미꽃 뿌리를 캤다.

엄마는 내가 캐 온 할미꽃 뿌리에 닭알 5알을 넣고 삶았다. 그렇게 삶은 닭알은 꺼냈다. 엄마는 한 알, 한 알, 껍질을 벗겨 꾸역꾸역 먹었다. 어린 동생들은 먹고 싶어 곁에 앉아 멀뚱히 쳐다봤다.

오전반 아이들이 마지막 4교시를 마치고 교실에서 왁자지껄하며 몰려나오는 것과 동시에 오후반 아이들이 밀치닥거리며 교실에 들어선다.

오후반이었는데 4교시는 창가 시간이었다.

창밖으로 석양이 지니 교실 안은 서서히 어두워지고 정전이 되다 보니 어둠은 점점 더 짙어갔다. 아이들은 모두 자리에서 일어나 선생님의 손풍금에 맞추어 아 오… 하며 발성 연습을 한 다음 전 시간에 배운 노래를 목청껏 불렀다. 정전이 되었으니 수업은 진행하지 못하고 노래 발표회를 진행하였다. 내 차례가 되어 두근거리는 가슴으로 앞에 나가 섰다. 난 부르고 싶은 노래를 목청껏 불렀다. 그런데 얼마나 긴장했던지 두 다리가 후들거리고 목소리도 떨리고 희미한 어둠 속에 앉은 아이들이 허상으로만 보였다.

난 언제나 그랬다. 산수 시간에도 선생님이 칠판에 나와 문제를 풀라고 하면 가슴이 세차게 두근거리며 아는 문제인데도 너무 긴장한 나머지 눈앞이 흐려지고 갑자기 머릿속이 하얘지며 답이 떠오르지 않았다. 시험 칠 때도 그랬다. 손이 너무 떨려 시험지에 오리발을 그렸다. 국어 시험을 칠 때였는데 떨리는 가슴으로 시험지를 꽉 채워 답을 다 쓰고 보니 엉뚱한 답을 써 놓았다. 너무 긴장한 나머지 그랬던 것이다.

45분 시간이 거의 끝나 가는데 난 그때야 아차, 하고 큰일이다 싶었다. 알고 있는 답을 다시 쓰자니 여백이 없었다.

그때라도 선생님한테 시험지 한 장을 더 달라고 이야기해야겠으나 선생님이 어려워 말하지 못했다.

당황해서 어쩔 줄 모를 때 땡- 땡- 하고 마침종이 울렸다.

정전이 된 희미한 어둠 속에 교단 앞에 나가 선 내가 목청껏 노래를 부르는데 온 학급 아이들이 배를 그러잡고 온몸을 비틀어 대며 폭소를 터트렸다. 난 떨리는 맘으로 정신없이 노래 부르며 아이들이 왜 웃어 댈까? 하고 생각했다.

노래가 끝나고 자리에 들어가 앉았을 때 옆자리에 앉은 영식이에게 "아이들이 왜 웃었어?" 하고 물었다.

영식이는 입을 가리고 키득거리며 "글쎄 말이야, 네가 노래 부르며 온몸을 흔들어 대지 뭐겠니? 우스워 죽겠지 뭐야?" 하였다. 난 맘속으로 내가 왜 몸을 흔들었을까? 하고 생각했다. 하굣길에 영식이는 잔뜩 흥분하고 들떠 가지고 재잘거렸다.

"정수 말이야, 정말 노래 잘하지? 어쩌면 그리도 목소리가 고울까? 정수 아버지도 도예술단 배우래 선생님이 그러시는데 정수가 평양 학생 소년궁전으로 뽑혀간대 얼마나 좋을까? 누구나 부러워하는 평양 무대에서 맘껏 노래 부르니 참, 내 말 좀 들어 봐. 생닭알(날계란) 먹으면 정수처럼 목소리가 그렇게 좋아진대. 무대에서 노래 부르는 가수들은 매일 생닭알을 먹는다는 거야. 정수도 매일 생닭알을 먹어서 그렇게 목소리가 곱고 노래를 잘한대 나도 닭알이 있으면 정수처럼 먹었으면 좋겠어. 그럼 정수처럼 노래를 잘할 수 있을 게 아니야?" 영식이는 정수가 불렀던 노래를 목청껏 불렀다.

행복한 이 땅의 나의 노래여
공산주의 언덕으로 울려 퍼져라
남녘 바다 저 멀리 한라산까지
이 노래 더욱더 울리여 가라
아 남녘 땅 형제들 함께 부르자
그날을 위하여 노래 부르자
...

며칠이 지나도록 영식이가 했던 말이 머릿속에 맴돌았다. 나는 오직 그 한 가지 생각에만 몰두해 있었다.

"정말 영식이 말처럼 생닭알을 먹으면 정수처럼 그렇게 노래를 잘할 수 있을까? …그렇게 목소리가 좋아질까?"

수업 시간에도 선생님의 목소리는 들리지 않고 정수가 부른 노랫소리만 귓가에 맴돌았다.

등교할 때도, 하교할 때도 먹으면 정수처럼 목소리가 고와진다는 생닭알이 눈앞에 얼른거렸다. 책가방을 방구석에 팽개친 나는 부엌 마루를 열고 장작 하나를 집어 들었다.

식칼을 꺼내 들고 장작을 쪼개어 정교하게 깎아 열쇠를 만들었다. 그 나무로 깎은 열쇠로 쌀 궤짝을 여는 데 성공했다.

쌀독 옆에 소금에 파묻은 닭알 단지가 보였다.

난 소금을 헤치고 닭알 한 알을 꺼내 들었다.

열쇠통에 딱…, 친 다음 입에 털어 넣고 꿀꺽 삼켰다.

그다음 벽에 걸린 희뿌연 금이 간 거울을 들여다보며 아~ 아~ 하고 창가 시간에 발성 연습을 하던 것처럼 한 옥타브 높게 소리 내 보았다. 다시 아~ 하고 더 높이 불러보았다.

그런데 기대와는 달리 전혀 음색이 바뀌지 않았다.

난 다시 소금을 헤치고 한 알을 더 꺼내 들었다.

두 번째 닭알을 또다시 꿀꺽 넘긴 다음 오~ 오~ 하고 두 옥타브 높게 소리 내었다.

처음 한 알을 꿀꺽 넘겼을 때보다 더 탁한 소리가 나왔다.

한참을 서 있다 "에라, 모르겠다." 하며 3알, 아~ 아~ 했고 그다음 4알, 오~ 오~ 5알, 6알, 마지막 7알까지 소금 속에 파묻은 닭알을 모조리 꿀꺽, 꿀꺽, 삼켜 버렸다.

마지막 7알을 꿀꺽 넘긴 다음 심호흡을 크게 하고 거울을 들여다보며 힘껏 아랫배에 힘을 주고 아~ 하고 목청을 길게 뽑아 봤지만 정수목소리처럼 그런 아름다운 소리는 나오지 않았다.

난 더럭 겁이 났다. 엄마에게 들통나는 것은 시간문제였다. 얼굴이 창백하고 성난 호랑이처럼 두 눈꼬리가 치켜져 올라간 엄마 얼굴이 눈앞에 보였다.

난 다시 온 힘을 다해 세 옥타브 더 높게 오~오~ 하고 불러보았다. 그런데 목청이 꺽- 하고 막히면서 쉰 소리가 새 나왔다.

난 한참 거울을 들여다보다 그만 울음을 터뜨렸다.

서럽게 울고 또 울었다.

엄마가 퇴근해 가마솥을 부시고 저녁밥을 지으려 할 때, 쌀 함박을 들고 웃방으로 올라가 쌀 궤짝을 열 때 가슴이 조마조마했다. 금방이라도 소금 단지를 헤쳐 본 엄마가 눈꼬리를 치켜뜨고 나한테 호랑이처럼 달려들 것만 같았다. 난 그렇게 며칠을 엄마가 쌀 궤짝을 열 때마다 가슴을 졸여야 했다. 등교하여 수업 시간에도 근심이 가득했다.

선생님의 설명이 귀에 들오지 않았다.

학교가 파하고 집으로 향할 땐 '오늘도 제발 무사해야겠는데' 하고 생각했다.

그러던 그날 저녁 우려했던 일이 터지고 말았다.

엄마는 영순이를 업고 퇴근하면서 상가대에 올려놓은 목선 밑에서 뜯어낸 엄지손톱만 한 섭(홍합)을 한 다라 이고 집에 들어섰다.

난 아궁이 앞에 앉아 불을 지피고 엄마는 가마솥에 와락와락 씻은 섭을 쏟아부은 다음 쌀 함박을 들고 웃방으로 올라갔다. 엄마가 쌀 궤짝을 여는 소리가 들리는데 난 가슴이 쿵쾅거렸다.

쌀 궤짝을 연 엄마가 소금 단지를 헤치는 모습이 눈에 얼른거렸다. 장작 하나를 집어 들고 불길이 이글거리는 아궁이에 집어넣는데 "오우 나는 어떻게 하니. 저 아새끼를 어쩌면 좋니. 제 버릇 개를 주겠니?" 하는 소리가 들리는 것과 동시에 어느새 내 앞에 우뚝 선 엄마는 아궁이 앞에 웅크리고 앉은 나한테 쌀 함박을 집어던졌다. "이 아새끼야, 그 닭알이 어떤 닭알인 줄 아니? 영순이가 아플 때도 안 먹인 닭알이야 아부지 생신날 쓸려구 아껴 둔 건데. 어불데기두 크지. 한두 알두 아니구 7알 몽땅 먹어치웠냐. 이 구신 같은 아새끼야. 7알 몽땅 먹어치우구 네놈이 소금 단지에 들어가 앉겠냐. 아이유, 내 팔자야. 저 구신 같은 새끼들 한구들 내씨구 이 개고생이니. 그때 이소니찌드 한 줌 먹었을 때 칵 죽기나 하지 살아서 이렇게 에미 속 썩이지 말고 마른 벼락이나 탁 쳐라. 저 구신 같은 새끼 잡아 가게."

잡아 가게 하는 것과 동시에 엄마는 가마솥 뚜껑에 엎어져 있던 바가지를 내게 힘껏 던졌다.

내 머리에 정통으로 날아와 박힌 박 바가지는 박살 났다. 그날 밤

나는 자다가 이불에 오줌을 지렸다. 아침에 등교했을 때 1교시는 '공산주의 도덕' 시간이었다. 선생님은 수업 중 한참 창가에 서서 창밖을 내다보더니 획 아이들 쪽으로 돌아섰다. 그리곤 무슨 생각에서였던지 이렇게 말하는 것이었다.

"세상에는 마른 벼락이라는 게 없습니다. 비가 와야 벼락이 치지 비도 오지 않는데 어떻게 벼락이 칩니까? 어머니들이 자식들한테 '마른 벼락이나 탁 쳐라' 하는 말은 자식들을 사랑하기 때문입니다."

그날 선생님이 왜 갑자기 그렇게 말했는지 아무리 생각해도 모를 일이었다.

학교가 파하고 집으로 갈 때 영식이가 재잘거렸다.

"내 말 좀 들어 봐. 영호 아버지가 그 무슨 과오를 범해 철직 됐대. 그래서 영호가 학교에 나오지 않는 거야."

깊은 밤 불덩이처럼 달아오르는 영순이를 살리려고 영호 집으로 달렸고 영호 어머니가 쥐어 주는 얼음주머니를 받아 들었을 때, 그 일이 있은 후 복도에서나 교실에서 영호와 눈이 마주치면 영호는 나를 바라보며 희미하게 웃었고 난 영호 모습이 너무 눈부시고 화려해 머리를 쳐들지 못했다. 영호 앞에선 내 모습이 언제나 초라해 보이는 것 같았고 열등감에, 어려움에 몸 둘 바를 몰랐다.

영호는 언제나 말이 없었고 단정했고 흐트러짐이 없었다.

등교해 수업만 받고는 조용히 집으로 돌아갔다.

아이들과 어울리지도 않았고 언제나 온화하고 조용했다.

엄마가 말했다.

"철직된 도당 책임비서가 엄마 공장에서 일해. 그런데 난 한 번도 보지 못했어. 새벽 어두울 때 출근했다 로동자들이 다 퇴근하고 난 어두운 늦은 밤에 귀가해. 어느 부서에서 일하는지도 몰라. 부끄러워 그러겠지."

난 새벽 일찍 출근하는 영호 아버지를 큰길에서 딱 한 번 보았다.

자그마한 키에 따뜻한 온실에서 비바람을 모르고 자란 것 같은 오동통한, 중년의 온화한 모습이었다.

퇴근한 엄마가 말했다.

"철직된 도당 책임비서가 공장에서 일하다 손가락 잘렸어. 난생처음 막노동했으니 일할 줄 알겠어?"

그 후 영호네는 다시 평양으로 불려 올라갔다.

8

엄마가 말했다. "언니가 해룡이를 공부시켰었어. 5년 동안 온갖 뒷바라지를 다하며 말이야. 결혼을 한 이듬해. 쿠바 과학기술대표단으로 뽑혀 가게 되었지. 2년 만에 돌아왔는데 숱한 물건들을 사 왔다더라 그런데 언니한테 그깟 스카프 하나 달랑 선물로 줬다는 거야. 언니가 서운하지 않게 생겼니? 제가 언니를 모른다면 안 되지? 어떻게 고생하며 공부시켰는데."

이모가 말했다. "더러워서 땅에 팽개칠까 하다 받았어. 결혼시켰더니 제 에미네한테 빠져서, 꼭 쥐여살지 뭐겠니? 엄마가 돌아가셨을 때도 눈물 한 방울 안 흘리던 놈이야. 인정머리 없는 새끼 돼먹지 못한 놈."

엄마가 말했다. "이 언니 봐 왜 눈물을 안 흘렸다고 그러우. 장례식 날 밖에 나갔다 들온 걸 보니 두 눈이 빨갛던데 뭐."

외삼촌이 말했다. "처음 쿠바에 갔을 때 식사를 하루 두 끼만 주는 거야 아침과 저녁 말이야. 어찌나 배고프던지. 그런데 가만히 보니 저희들은 점심으로 통닭 한 마리씩 먹더라고. 그래서 항의를 했지. 우리는 왜 통닭을 안 주냐고. 그랬더니 다음 날부터 점심에 통닭이 나오드라고. 그걸 먹었더니 배 속이 든든한 거야."

외숙모가 말했다.

"신혼 때였지. 무엇이 그리 서운했던지 아매가 밖으로 씽 나가더니 집 앞 동사무소에 가 제 아들한테 울면서 전화한 거야. 빨리 집으로 오라고 하면서 출근하자마자 엄마가 울면서 하는 전화를 받고 무슨 일이냐 싶어 달려왔는데 아매가 구들에 앉아 쿨쩍쿨쩍 울고 있었고 나그내(신랑)는 다짜고짜 왜 엄마를 울렸느냐며 나한테 매질을 하더라고 너무 무섭고, 아프고 놀라 밖으로 뛰쳐나가려고 문을 미니 아매가 달아나지 못하게 문을 잠가 버렸더라고 그 일이 평생 잊혀질 것 같지 않아, 그 문을 잠가 버린 일 말이야."

이모가 말했다.

"덜 돼먹은 년이야. 엄마가 새벽 일찍 일어나 연탄을 갈고 밥을 안치고 제 나그내가 밑에 내려가 연탄을 져 올릴 때까지 까딱 않고 누워 햇빛이 미꾸녕에 비칠 때까지 늦잠을 잔다는 거야 머저리 같은 새끼. 제 에미네한테 꼭 쥐여살지 뭐겠니."

외숙모가 말했다.

"새벽에 일어나 연탄을 갈려고 가마솥을 들다 그대로 뒤로 넘어지셨어요."

[8월 21일 5시 8분. 할머니 사망. 급래]

엄마는 전보를 손에 쥐고 울었다.

137

급행열차에 올랐고 나도 데리고 갔다.

청진은 바다에서 해가 솟아오르는데 함흥은 땅에서 솟아올랐다. 바다에서 떠오르는 태양 빛과 땅에서 떠오르는 태양 빛이 달랐다.

함흥은 장례식에 온 조문객들에게 쌀 가구로 동글동글하게 빚은 떠덕국(수제비)을 떠 주었다.

난 떠덕국을 먹으며 엄마에게 물었다.

"왜 상을 치르는데 떠덕국을 먹어?"

엄마가 말했다. "사람이 죽으면 슬퍼서 목구멍으로 음식을 넘길 수 없으니 쉽게 넘기라고 떡국을 하는 거야."

3일 날 외할머니를 모신 관이 나가는데 상복을 입은 엄마도, 이모도, 외숙모도 슬피 울었다. 외삼촌만이 눈물 한 방울 흘리지 않고 벌거벌건 얼굴에 무뚝뚝한 표정으로 차 적재함에 올랐다.

나는 엄마와 이모, 외숙모처럼 슬퍼서 운 게 아니고 따라가겠다고 발버둥치며 울었다.

그러는 나를 끝내 내팽개치고 운구차는 떠나 버렸다.

난 맨발로 울면서 따라서다 어둡고 무서운 빈집에서 가마목에 앉아 저무는 창밖을 내다보며 오래도록 혼자 슬피 울었다. 식장(찬장) 안에서 찌르레기들이 벌벌 기어 다니며 찌르륵- 찌르륵- 울었다.

장례식이 끝나고 그날 저녁 친척들이 방 안에 둥그렇게 둘러앉아 총화를 지었다. 외숙모는 메모한 수첩을 손에 들고 부조는 얼마 들왔고 특별히 누구누구는 많은 부조를 했고 연구소(외삼촌)와 병원(외숙

모)에서는 얼마가 들왔고 떡과 국수, 부식물은 얼마를 했고 하며 조곤
조곤 설명했다. 그다음 장롱을 열더니 할머니가 생전에 아끼시며 입
으시던 옷들을 쭉 꺼내 놓았다.

꺼낸 옷들은 엄마와 이모 앞에 똑같이 불평 없이 나눠 놓았다. 이
모는 자기 앞에 차례진 할머니 자주색 자켓트(스웨트)를 펼쳐 들더니
얼굴을 잔뜩 찌푸리고 맘에 들지 않는다는 듯 "이 옷은 내게 맞을까?
색상도 그렇고." 한다.

그러자 엄마가 제꺽 연분홍 뉴똥치마를 집어 들더니 "언니, 그럼 이
것과 바꾸겠소? 그게 맘에 안 들면 이 치마와 바꾸기오." 하며 이모를
쳐다본다.

내가 보기엔 이모가 쳐든 자켓트가 더 좋아보였다. 이모는 손에 쳐
든 것을 도로 놓기도 그렇다는 듯 마지못해 바꾸는 듯하였다.

함흥에서 청진으로 돌아왔을 땐 여름 방학이 끝나는 날이었다. 파
란 하늘이 높게 걸리고 길섶에 코스모스가 피고 잠자리가 낮게 날아
다녔다.

개교식 날 전교는 운동장에 모여 학용품 검열을 진행하였다.

어떤 아이들은 빨갛게, 어떤 아이들은 파랗게, 또 어떤 아이들은 노
랗게 책 표지에 색종이를 곱게도 오려 붙였고 그중 학급별로 잘된 아
이들의 학용품을 앞에 진열해 놓았다.

난 책가방을 펼쳐 놓기 부끄러워 쭈뼛거렸다.

우리 반 교실 교탁 우에는 백묵통과 함께 '원수님 초상화 정성함'이

놓여져 있었다. 정성함 안에는 매주 한 차례씩 어김없이 검열하는 초
상화 먼지털개와 닦개가 들어 있었다. 털개는 흰 닭털을 곱게 물들여
만든 것이고 닦개는 예쁜 천으로 가장자리에 꽃처럼 수놓아 만든 것
이었다.

학교가 파하고 집으로 들어선 나는 책가방을 방구석에 팽개치고
열쇠를 찾아들고 장롱을 열었다. 그다음 엄마가 아끼며 한 겹 한 겹
차곡차곡 개켜 넣어 둔 옷들을 와락와락 끄집어냈다.

엄마는 밤이건 낮이건 드문이 장롱 열쇠를 열고 한 겹 한 겹 옷들을
들춰내고는 몇 번씩이나 쓰다듬어 보며 다시 차곡차곡 개켜 넣었다.

끄집어낸 옷들 중에서 외할머니한테서 물려받은 모범단 저고리를
찾아냈다. 그 비단 저고리는 정말 고왔다. 부드러운 크림색 바탕에 더
선명한 크림색 목단꽃이 수놓여진 저고리였다. 난 가위를 찾아들고
그 비단 저고리를 쑥닥쑥닥 잘랐다. 네모나게 잘라 낸 비단천을 꼭 접
어 가방 깊숙이 넣었다. 다음 날 등교한 나는 그 천 조각을 잘 접어 '원
수님 초상화 정성함'에 넣었다. 넣으며 눈앞에 "이 원수님 초상화 닦
개를 누가 해 왔습니까?" 하며 칭찬해 줄 선생님 모습이 얼른거렸다.

며칠이 지났다. 엄마는 쉬는 날이어서 이불 홑청을 뜯어 양잿물에
삶아 빨고 텃밭에서 감자를 모조리 캤다. 삶은 감자로 저녁을 때운 나
는 정지방에 마구 엎드려 도화지를 펼쳐놓고 크레용으로 105 땅크(탱
크)를 그리고 있었다. 그때 웃방에서 엄마의 비명 소리가 들렸다.

"오우 나는 이 일을 어떻게 하면 좋니? 이게 무슨 일이야? 내 저 아

새끼를 어떻게 하면 좋겠니?"

어느새 씽 다가온 엄마가 빗자루를 집어 들더니 나를 연신 내리쳤다. "이 새끼야, 이 정신 나간 아새끼야 이게 어떤 옷인지 아니? 할머니가 아껴 입으시던 저고리야 할머니가 물려주신 옷이라고. 언니가 달라는 거두 안 줬는데 아까워 입지 않던 저고린데."

엄마는 연신 내 머리를 내리쳤다.

엄마의 넋두리가 계속되었다.

"아이유, 내 팔자야. 전생에 무슨 죄를 졌기에 이 구신 같은 새끼들을 한구들 내싸고 이 개고생인고. 그때 이소니찌드 한 줌 먹었을 때 콱 죽기나 하지. 살아서 에미 속을 이렇게 썩이지 말고. 이눔아, 말해봐. 왜 베냈어? 편편한 옷을 왜 가위로 쑥딱쑥딱 잘라 냈냐고. 무슨 생각으로 그랬어. 잘라 낸 거 일루 내놔. 내놔라니까."

엄마는 내 앞에 손을 내밀었다.

"없어. 원수님 초상화 닦개 할려구."

내가 기어가는 소리로 대답했다.

난 엄마가 무서워 부들부들 떨었다.

"뭐라고? 초상화 닦개? 이눔아, 니 제정신이야?"

난 머리에 주먹만 한 혹이 생겼다.

"날래 죽어라. 콱 죽어라 살아 이렇게 에미 속 썩이지 말고."

엄마의 넋두리가 계속 되었다.

아침에 일어났을 때 머리에 혹 두 개가 생겼고 등교하니 작은 혹이 하나 더 만져졌다.

아침 조회 시작 전 전교적인 옷차림 검열이 진행되었다.

담임인 채정자는 내 귀를 잡아 비틀며 "이 청개구리야. 모자 어떻게 했어? 왜 맨대가리냐고. 이 목에 때 좀 봐. 호미로 긁어두 되겠다." 했다.

난 꿰진 무릎을 때우려고 같은 곤색 천 조각에 밥풀을 발라 붙여 입었다.

3교시는 체육 시간이었는데 난 체육 시간이 너무도 싫었다. 다른 아이들은 모두 하얀 체육복 바지로 갈아입었는데 나 혼자 교복 바지 그대로였다. 4교시가 끝났을 때 채정자는 "낼은 이십호 검열하는 날입니다. 구역 위생 보건소에서 검열 나오는데 만약에 이가 나오면 부모님을 학교로 데려와야 하고 재학증명서를 떼 주지 않습니다." 했다.

재학증명서가 없으면, 배급을 타지 못한다.

굶어야 하는 것이다. 엄마는 쌍둥이 형 내복과 내 속옷을 모두 벗긴 다음 수돗물을 길어다 부엌켠에서 와락와락 빨았다.

그다음 아궁이에 불을 지피고 달구어진 가마솥에 젖은 속옷을 넣고 휘휘 저으며 밤새도록 말렸다. 그러는 엄마의 얼굴엔 송골송골 땀이 맺혔다. 갈아입을 속옷이 없기 때문에 그렇게 해야 했다.

쌍둥이 형은 말려진 속옷에 끈을 매 천정에 둥둥 매달아 놓으며 "이렇게 허공에 매달아 놓으면 이가 옮지 않아." 했다.

1교시 시작종이 울리는 것과 동시에 앞문이 열리며 위생 검열대가 엄숙한 얼굴로 교실에 들어섰다. 아이들은 긴장된 나머지 까딱 않고 똑바로 앉아 두 눈을 반짝였다. 난 가슴이 쿵쿵거렸다.

"상의를 모두 벗으시오."

오돌오돌 떨며 알몸이 된 작은 아이들은 가는 목에 갈비뼈가 아릉아릉했다.

어느새 내 앞에 우뚝 선, 얼굴이 창백한 여자는 뒤집은 내 속옷을 받아 들더니 두 눈을 가늘게 뜨고 옷솔을 샅샅이 훑으며 이를 찾았다. 난 가슴이 더 세게 두근거렸다.

"죽은 서캐가 많아." 하며 나에게 옷을 내민 여자는 "머리를 보겠습니다." 하더니 두 손으로 내 머리카락을 헤쳤다. 그러는 여자의 손끝 감촉이 두피에 전해졌다. 가는 손가락을 스멀거리며 머리카락을 헤칠 때마다 두피가 간질간질하며 머리카락 속으로 그 무슨 벌레가 기어다니는 것 같았다. 옷에선 다행히 이가 나오지 않았고 다행이라고 생각했던지 조금 마음이 안정되는가 싶을 때 머리를 헤치던 여자가 "담임 선생님, 여기 와 보세요." 하고 말했다. 순간 나는 큰일 났구나 싶으며 머릿속이 하얘지며 눈앞이 어질어질해졌다.

부르는 소리에 내 옆으로 씽 다가온 채정자에게 여자는 "이것 보시오. 이게 보이시죠?" 한다.

한 다음 "학생, 손바닥을 펴시오." 했다.

난 느리게 한 손을 내밀어 손바닥을 폈다. 여자는 엄지와 검지로 잡아낸 이를 내 손바닥에 놓았다. 작은 손바닥에 놓여진 보리알 같은 시커먼 이가 꼬물거렸다. 뒷자리에 앉은 아이들이 엉덩이를 들썩이며 엉거주춤 일어나 어깨너머로 이를 들여다보며 "이우 크다. 엄청 크네." 하며 신난 것만 같은데 양쪽켠에 앉은 아이들도, 앞자리에 앉은 아이들도 돌아보고, 가까이 다가와 머리 숙이고 들여다보고 한다.

난 눈앞이 희뿌옇고 가슴이 걷잡을 수 없이 쿵쾅거리고 얼굴에 모닥불을 뒤집어쓴 것처럼 확확 달아올랐다.

너무 부끄러워 쥐구멍이라도 있으면 기어들고 싶었다. 난 책상 밑으로 머리를 깊이 처박았다.

그 무슨 희한한 것을 보기라도 한 것처럼 웅성웅성거리는 아이들도, 내 머리카락 속에서 이를 찾아낸 여자도 희뿌연 허상으로 보이며 교실 안이 빙글빙글 돌아가는 것만 같은데 채정자는 내 머리를 세게 쥐어박더니 "이 청개구리야, 일어나. 가서 엄마 데려와." 하며 나를 밀쳐냈다.

휘청거리며 교실 밖으로 나오니 파란 하늘과 밝은 해님과 석비레를 깐 노란 운동장과 나무들과 꽃들이 흐릿하게만 보였다. 나처럼 이가 나와 교실에서 쫓겨난 아이들이 서너 명 되었다. 그 아이들은 하나같이 학급에서 공부를 제일 못하는 아이들이었고 아버지가 불구(장애인) 아니면 아버지가 없는 아이들이었다. 그 아이들은 옷차림도 제일 남루한 아이들이었고 벤또(도시락)도 나처럼 싸 오지 못하는 아이들이었다. 난 그 아이들을 바라보면 씩 웃었다.

왜냐면 나 같은 신세의 아이들이, 나같이 이 나온 아이들이 있다는 게 다행인 것처럼 생각되었기 때문이다.

난 느릿느릿 엄마 공장으로 걸었다.

귓가에 채정자의 앙칼진 소리가 들렸다.

손바닥에 놓여진 꼬물거리는 시커먼 이가 보였다.

걸으며 고개를 쳐들어 파란 하늘을 쳐다봤다.

파란 바다도 바라보았다.

머리를 숙이고 흙길을 내려다보았다.

어른들은 일터로 가고 아이들은 학교로 간 길가는 한적하고 고요했다. 난 발 밑으로 보이는 막대를 집어 들었다. 걸으며 길섶의 풀들을 탁탁 내리쳤다. 어느새 엄마 공장에 닿았고 정문을 통과해 엄마가 일하는 배 부속품 창고로 들어갔다. 엄마는 예상했다는 듯 날 쳐다보지도 않고 "무슨 일인데?" 했다.

난 깊은 수심에 잠겨 발끝만 내려다보며 가만히 서 있었다. 엄마가 말했다. "선생님이 엄마를 데려오래?" 난 응 하고 대답했다.

그러자 엄마는 흥, 하고 콧방귀를 뀌더니 "바빠서 못 간다고 그래." 한다. 난 "선생님이 엄마를 데려오라잖아 빨리 가." 하며 울었다.

아이들은 국어 교과서를 펼쳐 들고 제5과, '배움의 천리길'을 낭랑한 목소리로 읽어 나간다.

"12살 어리신 원수님께서는 나라 찾을 큰 뜻을 품으시고 만경대를 떠나 표평까지 천리길을 걸으십니다. 배낭 속에는 15켤레의 짚신이 들어 있습니다. 며칠을 걸으셨을 때 3켤레의 짚신만 남았습니다. 원수님께서는 또다시 닳아진 짚신을 벗어 버리고 새 짚신을 꺼내셨습니다."

동생 영순이는 한 발을 살짝 내밀며 "이것 봐. 고무신 참 곱지? 엄마가 사줬어." 하며 방긋방긋 웃는다.

등굣길에 영식이는 또다시 재잘거린다.

"글쎄 말이야, 내 말 좀 들어 봐. 새 학기가 시작될 때 운동화를 공급해 준대. 질긴 천으로 만든 운동화인데 그렇게 좋다는 거야. 정말로 아버지 원수님 사랑은 끝이 없어. 저 하늘의 빛나는 태양은 이 땅을 고루고루 비춰 주지 못하지만 원수님 사랑은 한 점의 그늘이 비낄세라 우릴 안아 붉게만 피게 해 주지."

영식이는 그 사랑을 이야기하듯 목청껏 노래를 불렀다.

나뭇가지에 앉은 까치가 화답하듯 깍깍거렸다.

저 푸른 하늘이 높고 높아도
원수님 사랑에 어이 비기리
바다가 아무리 깊다 하여도
원수님 은혜에 어이 비기랴
아 부럼 없어라 행복하여라
김일성 원수님 품에 우리는 행복하여라

선생님이 한 아이, 한 아이 이름을 부르며 신발 치수가 적혀 있는 표를 나누어 주었다.

나도 신발표를 받아 들었다. 하얀 종이에는 천리마 명성인민학교. 2학년 3반. 장영진. 운동화 35문 3원 50전 하고 찍혀져 있었다.

학급 아이들은 좋아라 그 신발표를 들고 공업품 상점으로 가 3원 50전을 내고 신발을 사 신었다.

다른 아이들은 발가락이 보이는 낡은 신발을 벗어 버리고 새 운동화를 신었는데 나만 돈이 없어 사 신지 못했다.

난 발을 동동 구르며 울면서 엄마에게 "돈 줘." 하고 떼썼다. 엄마는 얼굴을 잔뜩 찌푸리며 "지금 돈이 없는데 어떻게 주겠니? 손가락을 빼서 주겠니?" 했다.

엄마가 일하는 배 부속품 창고에는 작은 나무 상자에 폐품으로 들어온 배 부속품들이 담겨져 있었다. 그 속엔 포금(동) 부품들도 드문드문 섞여 있었다.

수매소(고물상)에서 파고철은 1킬로그램에 3전이고 구리는 60전이었다. 학교가 파하고 엄마 창고로 가면 난 슬쩍 포금 덩어리를 바지 주머니에 넣었다. 많이는 넣지 못했다. 무거운 금속이 불룩하게 축 처지며 정문을 통과할 때 들통이 날 수 있기 때문이었다.

땡- 땡- 땡- 퇴근 종소리가 울렸고 엄마가 끄는 리어카에는 톱밥 마대가 실려 있었다. 난 뒤에서 밀었다.

공장 구내를 벗어나며 정문이 가까워질수록 난 속이 두근거렸다. 엄마는 수위한테 톱밥표를 내밀었다.

번대머리 수위는 안경 너머로 눈을 번뜩이며 톱밥 마대를 찬찬히 내려다보았다. 그러더니 톱밥 마대를 쏟으란다.

순간 나는 가슴이 세차게 두근거리는데 엄마 얼굴을 쳐다보았다. 엄마의 표정은 단두대에 선 여전사 같았다. 톱밥 마대를 쏟으면 톱밥 속에 감춰 넣은 포금이 나온다. 그러면 어떻게 되는지는 불 보듯 뻔했다.

엄마는 수위 영감을 차갑게 쏘아보더니 "사람을 어떻게 보고 함부로 쏟으라는 거야. 네 눈엔 내가 그렇게 밝이 안 보이느냐. 아버지 없이 아이들만 데리고 없이 사는 여자라고 깔보는 거냐. 애아버지가 계실 땐, 부지배인한테 잘 보이려고 비겁하게 발발거리며 아첨을 하더니 이젠 별 볼일 없다는 거냐? 부지배인이 너를 그 자리에 앉혀 주지 않았느냐. 이 의리도 없는 배은망덕한 놈아. 쏟겠으면 쏟아라. 네가 쏟으라고." 엄마는 발로 힘껏 톱밥 마대를 차 리어카에서 떨어뜨렸다.

사르륵 사르륵 사르륵 사르륵….

비포장도로를 덜컹거리며 굴러가는 바퀴 소리가 귓가에 아슬하게 들려왔다. 앞에서 리어카를 끄는 엄마 뒷모습이 땅거미가 지고 있는 어둠 속에 희미하게 보였다.

난 뒤에서 말없이 밀었다. 집 언덕을 오를 때 집집의 굴뚝들에선 저녁밥 짓는 하얀 연기가 피어올랐다.

다음 날 수매소에 가 포금을 팔았고 3원 50전을 꼭 쥐고 공업품 상점으로 달렸다. 판매원은 표를 받아 들더니 "어떻게 하니? 35문이 다 나갔는데." 하며 이것저것 고른 다음 한 켤레를 집어 들고 "이거 신어 봐라, 맞나?" 했다.

난 두 손으로 제껵 받아 들고 신었다. 그런데 그 운동화는 작았다. 작아도 너무 작았던 것이다.

열 발가락이 아플 정도였다. 그런데도 나는 그렇게도 바라고 또 바라던 새 운동화를 신고 너무 좋아 "맞아요. 꼭 맞아요." 했다. 그러자 판매원은 매장 너머로 고개를 숙이고 내가 신은 운동화를 내려다 본 다음 의아한 눈으로 나를 바라보았다.

그 작은 운동화를 신어서인지 어른이 돼서도 열 발가락은 모두 꼬부라져 버렸다. 중국 여인들이 발을 작게 만들려고 전족을 한 것처럼 말이다.

새 운동화를 신으니 발이 너무 가벼워 날 것만 같았다. 난 길을 걷다 누가 보지 않을 땐 제껵 신발을 벗어 들고 맨발로 걸었다. 어떤 땐 달렸다. 새 신발이 닳을세라 아까워서였다. 난 엄마에게 말했다.

"엄마, 이번 가을철 운동회 때 내가 우리 학교 마라톤 선수로 뽑힌 거 알지? 선생님이 그러는데 내가 뼈만 앙상해 몸이 가벼워서인지 잘 뛴대. 난 새 운동화를 신고 달리고 또 달릴 거야. 그래서 1등을 할 거야. 두고 봐. 근데 엄마. 운동회 날 뎀뿌라(꽈배기) 사 줄 거지? 몇 개 사 줄 건데. 한 개? 두 개?"드디어 손꼽아 기다리던 운동회 날이 다가 왔다.

가없이 푸른 하늘가에 꽃구름 피어나고 백화만발한 꽃들은 설레이는데 내 맘처럼 희망의 나래를 활짝 편 산비둘기들이 한없이 자유로이 푸른 상공을 날고 있었다.

경기 종목에 따른 점수보다 응원 점수가 더 많았다.

온 운동장은 응원 열기로 부글부글 들끓었다.

해안소학교 아이들은 하나같이 빨간 모자를 쓰고 두 손을 높이 쳐들어 벼 이삭 설레이는 것처럼 나풀나풀 흔들며

"아 우리 어머니 강반석 어머니 4천만의 마음속에 별처럼 빛나네."

하고 목청껏 노래 불렀다.

관해소학교 아이들은 채양이 달린 파란 모자를 쓰고 "김형직 선생님의 뜨거운 숨결인가 맥전나루 물결이 가슴에 흘러드네." 하고 물결치며 노래했다. 우리 학교 아이들은 천리마 학교답게 목에 붉은 넥타이를 두르고 빡빡이를 치며 "우리의 아버지 김일성 원수님 우리의 집은 당에 품 우리는 모두 다 친형제 세상에 부럼 없어라." 하고 노래했다. 채정자는 아기를 가진 조금 불룩한 배를 감추려는 듯 곤색 바탕에 흰 줄이 비껴간 품이 넓은 츄리닝을 입고 한껏 들떠 있었다. 창백한 얼굴에 거뭇거뭇 피어난 검버섯도 감추려는 듯 하얀 분을 덕지덕지 발랐다. 엉덩이를 한껏 흔들어 대며 잔뜩 신이 난 채정자가 소리쳤다.

"야, 학급장. 오늘 맛있는 거 뭘 사 왔니? 어머니가 뭘 사 주던? 점심시간 맛있는 거 있으면 선생님한테 가져와라."

대열 후미에서 영수가 "예, 선생님. 맛있는 거 많이 사 왔습니다. 걱정 마십시오." 하고 대답한다.

"야, 백은식. 넌 뭘 사 왔는데? 어머니가 선생님 도시락 안 사 주던? …너 어디 보자. 선생님한테 잘못 보였다간 알지?"

채정자가 또다시 소리치는데 난 엄마가 사 준 덴뿌라 두 개가 눈앞에 얼른거렸다. 난 군침을 꿀꺽 삼키며 빨리 오전 운동회가 끝나고 점심시간이 됐으면 싶었다. 갑자기 북을 두드리며 야! 하고 환호하는 소리가 맞은편에서 들렸다. 확성기에서 "잠시 후 축구 경기가 있겠습니다. 천리마 명성소학교 선수들과 관해소학교 선수들은 주석단 앞으로 나와 주시기 바랍니다." 하고 울려 퍼졌다. '공 이고 달리기' '병 끼고 달리기' '줄 이어 달리기' '집단 달리기' '100미터 달리기'에 이어 운동장을 여러 바퀴 도는 '봉 이어 달리기' 경기가 진행될 때 "각 학교 마라톤 선수들은 빨리 주석단 앞으로 나와 주시기 바랍니다." 하는 소리가 들렸다.

난 가슴이 따끔하며 마구 울렁거렸다. 방망이로 세차게 가슴을 두드리는 것 같았다. 채정자는 응원단 앞에서 한껏 목을 길게 빼들고 "야, 장영진. 어디 있니? 장영진." 하고 소리쳤다. 영진아! 하고 부르며 어느새 내 앞으로 씽 다가온 영수가 "많이 긴장되지? 떨 거 없어." 하며 내 운동화 앞코숭이를 꼭꼭 눌러 본 다음 "신발이 끼지 않겠어? 작은 거 같은데 내 신발과 바꿔 신어 볼래?" 하며 신발을 벗었다.

난 "일없어. 그냥 내 신발 신고 달릴 거야." 했다. 채정자가 "야! 장영진. 빨리 응원단 앞으로 나와라 인사해야지." 할 때 "다시 한번 말씀드립니다. 각 학교 마라톤 선수들은 지금 빨리 출발선으로 나오기 바랍니다." 하는 소리가 들렸다. 너무 긴장해서였던지 그 소리가 귓가에서 웅웅거리는 꿀벌의 날갯짓소리 같았다.

드디어 땅- 하는 총소리가 울렸다.

출발선에 선 각 학교 마라톤 선수들 중에서 내가 제일 저학년이었다. 난 2학년이었고 다른 선수들은 모두 4학년쯤으로 보였다. 키도 나보다 머리 하나는 더 컸다.

채정자가 말한 것처럼 난 뼈만 앙상했다. 그래서 날아갈 것처럼 몸이 가벼워 잘 달린다고 하였다. 눈부시게 찬란한 해님은 천리마 학교의 명예를 걸고 달리는 내 앞길을 밝게 비춰 주었다. 파란 가을 하늘가에서 종다리 한 마리가 날갯짓하며 나를 응원하듯 지저귀며 노래했다.

난 앞을 똑바로 바라보며 힘차게 달렸다.

입술을 꼭 깨물며 마음을 다졌다.

'비록 공부는 못하지만, 도시락은 못 사 오지만, 꿰진 바지를 입었지만, 키가 작고 뼈만 앙상하지만, 청개구리라고 귀를 잡아 비틀지만 본때를 보여 줄 거야. 꼭 1등을 할 거야.' 고열로 죽어 가던 영순이를 구하려 얼음을 찾아 밤길을 달리던 그때처럼 힘차게 달렸다.

달리는 눈앞에 아버지 모습이 보이고 엄마가 보이고 영순이가 보이고 영학이가 보였다. '승리 극장'을 지났고 '어린이공원'을 지났고 분기점인 '소련군 추모탑'을 돌았다. 1그룹 아이들이 저만치 앞서 달렸다.

인도에 늘어선 어른들이 박수를 쳐 주고 여자애들이 손을 흔들어 주었다. 한 무리의 아낙네들이 가던 길을 멈추고 박수를 쳐 주는데 "어머, 쟤 좀 봐. 쟤는 너무 키가 작아. 너무 말랐어. 뼈만 앙상해. 어머, 가여워라." 하는 소리가 스치는 바람결에 들렸다.

난 달리기를 멈추고 재빠르게 신발을 벗어 들었다. 맨발로 달리니 포석길에 닿는 감촉도 시원하게 좋아지고 발이 한결 가벼워졌다.

대도로를 달리다 왼쪽으로 꺾어 들며 경기장으로 오르는 길목에 접어들었다. 그 언덕길이 고비였다. 그 숨이 차오르는 길을 어떻게 달리는가에 승패가 달렸다.

헉헉- 숨이 차올랐다. 심장 박동 소리가 쿵- 쿵- 크게 들렸다. 목구멍에서 쇳내가 나며 가슴이 터지는 것만 같았다. 난 생각했다. '호흡을 크게 해야 해'

30미터, 20미터, 언덕길에서 선두 그룹과 조금조금 거리를 좁혀 갔다. 드디어 경기장으로 들어섰다.

와- 하는 폭풍 같은 함성 소리가 들렸다.

그 함성 소리는 마치도 나를 응원하는 환호 소리처럼 들렸다. 경기장으로 들어설 땐 선두 그룹과 불과 10미터 거리였다. 이제 경기장을 한 바퀴만 돌면 된다.

그러면 승패가 좌우된다. 선두 그룹의 선수들은 3명이었다. 내가 그 뒤를 따랐고 뒤로는 아득히 뒤쳐진 선수들이 보이지 않았다.

앞서 달리는 3명의 아이들의 등 번호를 보니 해안소학교와 관해소학교, 천마소학교 선수들이었다.

빨간 모자 물결이 와- 하고 환호성을 지르는데 파란 모자 물결이 더 크게 와- 하고 일어선다. 노란 모자 물결은 두 손을 쳐들고 운동장 가장자리, 라인선 가까이로 몰려나온다. 천리마 학교 아이들은 "장영진, 장영진! 야~" 하며 짝짝이를 친다.

드디어 따라잡았다. 경기장을 반 바퀴 남겨 둔 시점이었다. 앞선 3명의 선두 그룹에 합류한 나는 그들과 발을 맞추며 간격을 유지했다. 온몸이 흠뻑 물참봉이가 되었고 얼굴로 땀이 줄줄이 흘러내려 눈을 뜰 수가 없었다. 난 두 손에 쥐었던 신발을 팽개쳤다.

온 운동장이 벌 둥지를 쑤셔 놓은 것만 같은데, 그때 천리마 학교 응원단 쪽에서 채정자가 달려 나왔다.

어느새 나와 나란히 평행을 이룬 채정자가 두 주먹을 꼭 쥐고 땀범벅이 된 나를 내려다보며 "빨리, 앞을 똑바로 보고 그렇지, 발을 더 높이 들고." 라고 소리쳤다.

온 경기장이 떠나갈 것만 같았다.

결승선이 눈앞에 보였다. 이제 라인선을 돌아 직선 코스에 들어서면 된다.

라인선을 거의 돌 때였다. 내 옆에 바싹 붙어 서서 달리던 채정자가 "좋아. 힘내고 앞을." 하다 발이 꼬이며 쿵- 하고 넘어졌다. 난 달리며 재빨리 머리를 돌려 쿵- 하고 넘어진 채정자를 바라보았다. 그러다 잠깐 주춤했다. 넘어진 채정자는 머리를 쳐들고 "빨리 뛰어." 하고 소리쳤다.

난 휙, 몸을 돌리며 힘차게 달렸다.

이미 직선 코스에 들어선 아이들이 내가 주춤하는 사이 저만치 앞서 달렸다. 100미터, 50미터, 30미터 드디어 난 따라잡았다. 천리마 학교 응원단 쪽에서 야! 하는 폭풍 같은 함성이 터져 나왔다.

난 제일 먼저 결승선에 들어섰다.

채정자는 유산되었다.

9

낙엽이 지니 눈이 내렸다. 북변 땅 항구 도시에 내리는 눈송이는 크고 더없이 깨끗했다. 밤에도, 낮에도 흰 눈은 너울너울 춤추며 쉼 없이 내려앉았다. 엄마는 등잔불을 돋우며 뜨개질하고 누나는 윗목에 앉아 싸리나무 가지에 진달래 꽃송이를 하나하나 붙인다. 스피커에서는 엄마가 좋아하는 가수 전우봉의 노랫소리가 은은하게 흘러나온다.

눈이 내린다. 흰 눈이 내린다.
밀영의 기나긴 밤을 못 잊어 차마 못 잊어
함박눈 송이송이 고요히 내린다.

난 누나가 밤새 붙여 준 진달래 꽃나무를 들고 아침 일찍 집을 나섰다. 청진항에 입항하는 재일 동포 환영식에 동원되었기 때문이다. 아침에 입항한다던 귀국선은 정오가 다 되도록 보이지 않았다. 아이들이건, 어른들이건, 수많은 인파가 발을 동동 구르며 멀리 수평선을 바라보며 추위에 떨었다.

뒤꿈치가 꿰진 양말에 앞코숭이가 구멍 난 운동화를 신은 나는 얼어 떨어지는 것만 같았다.

시간이 지남에 따라 감각마저 없었다.

아이들은 눈밭에 쿵당쿵당 뛰었다. 그렇게 하면 얼어든 발이 한결 나아진다 하였다.

확성기에서 "나서 자란 고향을 멀리 남겨 두고 현해탄에 흘린 피눈물 그 얼마입니까? 아 얼마나 꿈결에도 그리던 조국입니까? 우리 재일 동포들을 한없이 사랑하시는 수령님 계시기에 이 땅은 정녕 사회주의 지상락원입니다." 하고 울려 퍼질 때 누군가 "저기 배가 보인다! 저기 수평선에 점처럼 보이잖아 맞아. '만경봉'호야." 하고 소리쳤다.

어느덧 그 점처럼 보이는 물체가 점점 커져 부둣가에 '만경봉'호가 정박했을 때, 갑판에 나와 선 재일 동포들은 손에 공화국 기를 들고 눈물을 흘리며 만세! 하고 외쳤다.

부둣가는 환영의 꽃물결이었다. 재일 동포 아이들은 천리마 학교 아이들보다 살결이 희고 세련돼 보였다.

그 애들은 우리말을 할 때면 혀가 짧은 것처럼 말씨가 어눌했고 목청도 가늘었다. 그 애들은 호수공원에서 하얀 피겨 스케이트를 탔다. 그때 난 그런 피겨 스케이트를 난생처음 보았다. 그 애 아버지들이 입은 허리 부분이 터진 데트론 양복도 처음 보았다.

재일 동포인 은식이 아버지는 피복 공장 재단사였다.

은식이가 말했다. "일본 아이들은 조선 아이들 보고 '토끼'라며 놀렸어." 내가 말했다. "왜 토끼라는 거야?" 은식이가 말했다. "조선 지도가 토끼처럼 생겼다며." 내가 말했다. "그런데 재일 동포들은 왜 일본에서 살다가 조국으로 귀국하려고 하는 거야?"

은식이가 말했다. "돈 한 푼 들이지 않고 자식들을 맘껏 공부시킬 수 있다 했어. 의과대학두 보낼 수 있고 무상 치료구 사회주의 지상락원이라 했어."

은식이네는 포항동의 2칸짜리 작은 아파트에서 살았다.

은식이 누나는 우리 누나와 같은 학급이었다.

누나도 은식이네 집으로 놀러 갔고 나도 놀러 갔다.

가면 할머니가 좋아하셨다. 나는 맘속으로 누나도 예쁘게 생겼고 나도 누나처럼 예쁘게 생겨 할머니가 좋아하실 거라 생각했다.

그날도 나는 학교가 파하고 은식이네 집으로 갔다. 할머니는 반갑게 맞아 주시며 구들에 손을 짚으시고 온기를 가늠해 보시더니 아랫목이 따뜻하니 어서 앉으라 하셨다. 할머니 앞에 다소곳이 무릎 꿇고 앉은 나는 부끄러웠다. 왜냐면 할머니의 눈길이 꿰진 무릎 쪽으로 가셨기 때문이다. 난 슬그머니 손바닥으로 무릎을 가렸다.

할머니는 장롱을 열고 옷가지들을 들춰내시더니 그중에서 바지 하나를 입으라며 내미셨다. 보니 은식이가 입던 바지 같았는데 비록 색은 바랬지만 데트론 원단이었다.

난 그때 처음으로 데트론 바지를 만져 보았다. 그땐 나라에 데트론 원단이 나오기 전이었다. 어른들이나 아이들이 입은 바지는 질이 좋다는 게 혼방직이었는데 얼마 입지 못하고 무릎이 나가고 엉덩이가 구멍 났다. 난 할머니가 주신 데트론 바지를 받아 들고 너무 좋아 집으로 달렸다. 다음 날 나는 그 바지를 다 뜯었다.

왜냐면 겉은 색이 바랬지만 안쪽은 새것과 마찬가지였기 때문이다. 난 뜯은 바지를 들고 재봉집에 가서 우라까이(뒤집어)해 박아 달라 하였다. 그렇게 입은 진녹색 바지는 정말 좋았다. 난 그 바지를 오래도록 아껴 입었다.

누나는 날 밝기 전 물동이를 들고 은식이네 집으로 갔다. 은식이 어머니가 돼지 똥물을 받아 주기 때문이다.

그 추운 겨울 돼지 똥물을 이고 먼 길을 걷는 누나의 두 손은 빨갛게 얼었다. 얼마나 춥고 손 시렸으면 문 앞에서 "어머니, 빨리 문 열어 주세요." 하고 소리쳤을까?

언 누나의 손등에선 하얀 밥알 같은 것이 튀어나왔다. 뻘건 불길이 이글거리는 아궁이 앞에서 엄마는 누나의 두 손에 꿀을 바르고 열기에 쐬어 주었다. 누나의 눈에선 눈물이 줄줄이 흘러내렸다.

은식이네 집에는 싱가 재봉기도 있었고 쎄타(스웨터) 짜는 기계도 있었다. 난 그 쎄타 짜는 기계가 너무 신기했다.

엄마는 양털을 뜨거운 비눗물에 깨끗이 빨아 일일이 손으로 피린 다음 자새질하여 물레질로 실을 뽑았다. 그 계실로 밤새도록 뜨개질 하였다.

우리들의 속옷도, 누나의 계수건도 그렇게 떠 입혔다.

봄 안개가 희뿌옇게 감도는데 난 양을 끌고 산으로 올랐다. 바다 쪽으로부터 붕- 붕- 등대 고동 소리가 길게 울렸다.

봄과 함께 파랗게 돋아나는 풀을 맛있게 뜯는 '절룩이'켠으로 커다란 뿔 달린 수놈이 다가왔다.

육돌이네 양이었다.

수놈은 머리를 쳐들고 주둥이를 까뒤집더니 작은 '절룩이'에게 올라탔다. '절룩이'는 기겁한 듯 달아났다.

난 나무 막대기를 들고 수놈을 쫓아 버리려 했다.

수놈은 잔뜩 화가 난 듯 버티고 서서 나를 노려보더니 뒤로 물러났다가 달려들며 커다란 뿔로 힘껏 나를 들이받았다. 난 멀찌감치 휘청 나가떨어졌다. 다시 일어서려 하는데 또다시 들이받으려고 뒤로 물러섰다. 그때 "야, 임마. 일루와 봐." 하는 소리가 구릉지 쪽에서 들렸다.

육돌이 셋째 형인 삼돌이였다.

삼돌이는 천마남중에 다녔다.

삼돌이는 벨트를 풀고 바지를 내린 다음 전투 준비 태세를 갖춘 고토리를 드러내 놓고 담뱃불로 뽀송뽀송 나기 시작하는 좆털을 빠지직, 빠지직, 지졌다. 그러며 곁에 다가간 나를 쳐다보며 히히… 웃었다.

"야, 임마. 너 담배 피워?"

"안 피워."

"피워 봐."

신문지에 만 마라초를 내민다.

난 받아 들었다.

불을 붙여 준다. 한 모금 빨았고 후- 하고 담배 연기를 내뿜었다. "아니, 아니, 깊게 들이마셨다가 후- 하고 내뿜으란 말이야." 한다.

난 시키는 대로 깊게 들이 빨았다.

그때 삐지직- 하며 불꽃이 튀었다.

난 입술이 허옇게 화상을 입었다.

삼돌이는 담배를 말면서 화약을 다져 넣은 것이다.

삐지직- 하고 불꽃이 이는 동시에 삼돌이는 기다렸다는 듯 하하하 폭소를 터뜨렸다.

또다시 뿔 달린 수놈이 '절룩이'한테로 다가갔다.

네근도 나무에는 연둣빛 새싹이 돋아나고 아지와 줄기에선 달짝지근한 물이 한 방울 한 방울 떨어지고 흘러내렸다. 난 나무에 입을 대고 쪽쪽 빨아먹었다. 나뭇잎을 뜯어 손바닥으로 비빈 다음 입에 넣고 와작와작 씹어 삼켰다. '절룩이'한테도 맛있는 잎새를 먹이고 싶었다. 양은 네근도 나무 잎사귀를 잘 먹었다.

난 나무에 기어올랐다. 잎이 많은 아지에 두 손을 잡고 두 발을 걸고 몸을 아래우로 흔들었다.

뚝- 하고 나뭇가지가 부러지며 그대로 수평 되게 떨어졌다.

쿵- 하늘을 쳐다보며 반듯하게 떨어졌을 때, 척추가 있는 등 부분이 땅에 처박혔을때, 숨이 꺽 막히며 오래도록 숨을 쉴 수가 없었다.

난 너무 고통스러워 두 손으로 땅을 허볐다.

척추가 부러졌다고 생각했다.

가까스로 일어섰을 땐 땅거미가 내리기 시작할 무렵이었다. '절룩이'가 어두워졌으니 어서 집에 가자는 듯 음메- 하고 울었다. 난 휘청휘청 양을 끌고 산을 내렸다. 이미 어두워진 마을은 창문가에 불빛이 가물거렸다.

양 우리에 '절룩이'를 넣고 집에 들어서니 아랫목에 앉아 있던 엄마가 무표정하게 나를 쳐다봤다. 난 맘속으로 엄마가 "무슨 일이 있었니? 어디 아프니? 얼굴색이 좋지 않구나. 왜 이리 늦었니?" 하며 살뜰한 말 한마디라도 해 주기를 바랐다. 그런데 엄마는 그 무슨 물건을 쳐다보는 것처럼 얼굴에 아무런 애정도, 표정도 없었다. 난 한없이 서글펐다.

엄마는 그랬다. 가마솥에서 밥을 풀 때 누룽지가 먹고 싶어 다가가면 밥을 다 푸곤 물을 확 부어 버렸다. 그러면 가마솥 곁에 앉아 엄마가 밥을 다 푸기만을 기다리던 난 엄마 얼굴을 쳐다봤고 한없이 슬퍼졌다.

아이들한테 눈병이 만연할 때라 아침에 일어나면 눈곱이 덕지덕지 달라붙어 눈을 뜰 수가 없었다. 그때면 난 울었다. 울면서 엄마가 살뜰히 수건을 적시어 눈곱을 떼 주고 어루만져 주길 바랐다. 난 계속 울었다. 그 눈물에 눈곱이 씻겨 나가며 절로 눈이 떠졌다.

온밤 썩어 들어가는 치통에 잠 못 이루며 꿍꿍 앓음 소리를 낼 때면

"에이구, 좀 자려무나. 엄마도 좀 자야지." 하고 소리 지르며 짜증을 냈다. 언제 한번 치과에 데리고 간 적이 없었다.

야뇨증이었던지 밤에 자다 이불에 오줌을 질렀을 땐 "또 오줌을 쌌니? 애를 어떻게 하면 좋아? 속상해 죽겠네." 하며 소리 질렀다. 그러는 엄마가 싫고 학교도 싫었다.

난 아침 일찍 모이는 장소에 모여 열을 지어 씩씩하게 노래 부르며 학교 가는 것이 고역이었다. 수업 시간에도 창밖에만 정신이 가 있고 집에 도망치고 싶었다.

까만 칠판 위에 원수님 초상화가 걸려 있는 네모난 교실은 감옥 같았다. 새들을 작은 조롱 안에 가둬 넣으면 얼마나 괴롭고 답답할까? … 그와 꼭 같다고 생각했다. 학교는 가기 싫은데 왜 억지로 가야 할까?

어느 날 아침 햇살이 눈부실 때 토끼 무늬 가방을 메고 집을 나섰다. 큰길가에서 열을 지어 학교로 가는 아이들의 노랫소리가 들렸다. 그 노랫소리를 들으니 작은 온몸에 소름이 돋았다.

학교로 향하는 발걸음은 천금같이 무거웠다. 도살장에 끌려가는 소처럼 한 걸음, 한 걸음 옮기다 햇살이 눈부신 하늘을 쳐다본 다음 길가의 노란 개나리꽃을 꺾어들었다. 그렇게 한참 서 있는데 등교하는 아이들의 노랫소리도 잠잠해지고 거리는 조용해졌다.

수업은 시작 됐을 테고, 난 학교 뒷산으로 올랐다. 우거진 소나무 숲속에 머리가 빨간 딱따구리들이 딱- 딱- 딱- 부리를 쪼았고 뻐꾹- 뻐

꾹- 뻐꾹새가 노래했고 푸른 바다가 한눈에 내려다보였다.

난 학교를 가지 않은 큰 죄를 짓고 점심도 굶고 저녁도 굶었다. 집에 들어가면 아버지한테 크게 혼쭐나기 때문이었다. 저녁이 되어 어두워졌고 집집의 굴뚝들에서 하얗게 피어오르는 저녁밥 짓는 연기가 멀리 내려다보였다.

밤하늘엔 은하수가 비껴 흐르고 반딧불이가 반짝이며 날아예는데 난 배고프고 추웠다. 그리고 적막하고 습하고 캄캄한 산중의 숲속은 무서웠다. 우엉- 하고 우는 산짐승의 울음소리가 크게 들리고 그 무엇에 놀랐는지 푸드득 날아예는 산새의 퍼덕임 소리에 놀란 가슴을 쓸어내렸다. 난 숲속에 웅크리고 잠을 청하다 별이 빛나는 캄캄한 밤하늘을 쳐다보았다. 몇 시나 됐을까? 새벽이 밝아오는 것 같았고 난 너무 추워 산을 내렸다. 마을도 캄캄했고 집 어귀에 한참 서 있다 양 우리에 들어갔다. 어두운 우리 안에서 절룩이는 털북숭이 몸을 웅크리고 자고 있었다. 양 곁에 조용히 누웠다. 양은 따뜻하고 부드러운 털옷을 입었으니 춥지 않고 편안히 잘 수 있으나 홑옷을 걸친 어린 난 너무 추워 잠들 수 없었다. 양을 껴안고 자면 서로의 체온에 따뜻할 거라 생각했다. 그래서 양쪽으로 돌아누우며 절룩이를 살그머니 껴안았는데, 껴안는 순간 후다닥 놀라 일어났다. 한참 있다 양은 다시 웅크리며 엎드렸고 난 다시 껴안으려 하였다. 또다시 절룩이가 후다닥 일어섰다. 양은 그러는 내가 싫은가 보았다. 매일과 같이 산에 데리고 올라가 맛있는 풀을 먹이려고 애쓰는 나의 마음을 몰라주는 것이야속하게 생각되었다. 그런 내가 추워서 너의 따뜻한 털 몸에 작은 몸을 의지하려 하는데도, 그것마저도, 주인의 그 작은 바람마저도 뿌리치니 너무 무심하다 싶었다. 그 기대를 포기하고 추위에 떨고 있을 때 한쪽 구석켠에 가마니짝이 깔려 있는 것이 보였다. 난 그 가마니 속에 들어가 몸을 웅크리고 양 굴에 기대앉아 잠이 들었다.

엄마는 공부를 잘히리고 나를 학교에 보내는 섯이 아니라 배급표 때문에 보냈다. 내가 학교에 가지 않겠다고 하면 "니 제정신이야? 그럼 굶겠니?" 했다. 아버지가 돌아가신 다음 난 수업 시간에도 온통 집 생각뿐이었다. 배고파 오구구 가마솥 뚜껑에 두 손을 올려놓고 일 나간 엄마를 기다리는 동생들의 모습이 눈앞에 어른거리고 내가 학교에서 돌아오기만을 기다리며 배고파 우는 '절룩이'의 애처론 울음소리가 귓가에 들리는 듯했다.

도살장에 끌려가듯 학교로 가 표독스러운 선생님의 얼굴과 낯선 아이들의 얼굴을 마주 보는 것이 죽기보다 싫었다.

학교는 악마들이 모인 지옥 같았다.

학교 가선 무엇 하나 맘대로 할 수 없었다.

수업이 끝나면 복도를 문질러야 하고 교실 유리를 닦아야 했다. 채정자는 해가 질 때까지 아이들을 붙잡아 두었다. 난 집으로 도망치고 싶었다. 동생들의 모습이 보이고 '절룩이'의 울음소리가 귓가에 들렸다.

학교가 파하고 땅거미가 질 때 집 언덕을 오를 때면 난 우리 집 굴뚝부터 바라보았다. 집집의 굴뚝들에선 저녁밥 짓는 연기가 하얗게 피어오르는데 우리 집만이 피어오르지 않았다.

그럴 때면 마음이 시려오고 배고프고 외롭고 슬펐다.

어떤 땐 하얀 연기가 피어오를 때가 있었는데 그때면 엄마가 왔구나 하며 마음속이 따뜻해지는 것 같았다. 그리고 슬프지 않았다.

어느 날 학교에 다녀온 난 부엌에서 도끼를 꺼내 들고 뒤뜰로 갔다. 도끼로 손가락을 자르면 학교에 가지 않아도 되겠지 하고 생각했다. 불구(장애인)들은 학교에 가지 않는 애들이 있었다. 난 도끼로 손가락을 자르고 불구가 되면 그 애들처럼 학교에 가지 않게 되리라 생각했다.

난 손가락을 펴 장작을 패는 둥치에 올려놓았다. 그다음 마음을 다잡고 힘껏 내리쳤다.

쿵- 도끼가 빗나갔다. 가슴이 세차게 두근거렸다.

다시 내리쳤다. 또다시 빗나갔다.

생각했다. 난 왜 이렇게 의지가 약할까?

학교에서 배운 '천보산의 용사'가 생각났다.

… 박달나무도 얼어터지는 설한풍 속에 천신만고
모두 다 달게 여기며 싸워 가는 빨찌산. 동상 입은
발이 썩어 가는데 심한 통증으로 몸부림치다 혁명
가를 부르며 톱날로 다리를 자른다.

마취제 한 방울 없는 깊은 산중에서 톱날로 혁명가

를 부르며 썩어 들어가는 다리를 자르는 빨찌산의
온몸은 땀이 비 오듯 하다. …

난 빨찌산처럼 시험해 보고 싶었다.

나도 그처럼 그런 강인한 의지로 마취제 한 방울 없이 다리를 자를
수 있을까? 해서였다.

난 톱을 집어 들었다. 그리고 바지를 걷어 올리고 톱날을 갖다 댔
다. 그런데 어림도 없는 짓이었다. 얼마나 의지가 강했으면 톱날로 맨
다리를 자를 수 있을까? 하고 생각했다.

난 다시 도끼를 집어 들었다.

비록 빨찌산처럼 톱날로 다리를 자르지는 못할지언정 도끼로 손가
락은 자르고야 말 거야….

난 또다시 도끼를 힘껏 내리쳤다.

그것마저도 빗나갔다.

중학교는 집에서 걸으면 한 시간 남짓한 거리였다.

해방 전 일본인들이 지은 3층 벽돌 건물이었는데 전쟁 때 기총 탄
알에 박힌 흔적도 남아 있었다.

내가 다니던 천마남중은 축구를 잘하며 전국에 이름이 높았다.

오전 수업이 끝나면 축구부 아이들은 빨간 유니폼을 입고 백양나무
에 둘러싸인 널따란 운동장에서 공차기에 여념이 없었다. 봄이었는데

희뿌연 안개가 바다 쪽으로부터 밀려오고 오전 수업을 마친 전교는 학교 뒷산에 올라 나무 심기를 하였다. 그날은 식수절이기도 하였다.

운동장 높다란 백양나무에 걸린 확성기에서는 "푸른 숲에 새들이 날아들 적에, 열매 따는 사람들 찾아올 적에, 노래해다오 푸른 숲이여, 이내 마음을…." 하는 노래가 흘러나왔다.

학교 뒷산은 암석층인 민둥산이었는데 누런 잔디에 듬성듬성 바람에 흔들리는 쏙새풀들이 서 있고 오랜 옛날부터 공동묘지 터였다. 아이들은 묘목을 심으며 "야, 여기도 해골 나왔다. 와 저기도 뼈가 나왔다!" 하면서 밀려다녔다. 난 그런 떠들썩한 아이들 무리에 섞이기 싫었다. 그런 아이들은 경망스럽고 천해 보였다. 그러기에 난 늘 혼자였고 혼자이기를 좋아했다. 학급에서도 혼자이고 조용해 아이들은 나를 기억하지 못했다.

난 혼자 꼭꼭 다져 심은 어린 묘목에 물을 주다 머리를 쳐들었는데 그만 깜짝 놀라고 말았다. 누런 잔디가 덮인, 풍화되어 낮아진, 비석도 없는 묘지 사이에서 이상한 물체를 보았기 때문이다. 난 가까이 다가갔다. 그런데 포대기에 싸여진 갓난애기였다. 까만 포대기에 꼭 싸여 작은 머리만 보였는데 얼굴이 발그레하고 눈을 꼭 감고 죽은 것 같았다. 금방 낳은 것 같았는데 이목구비가 곱고 뚜렷했다. 난 한 발 더 다가가 머리를 낮추고 자세히 보았다.

그런데 죽은 줄로만 알았던 갓난애기가 입을 조금씩 오물거렸다. 밤새 울다 기력이 깡그리 소모되어 마지막 힘마저 남아 있지 않은 것 같았다. 나도 모르게 "살았다." 했고 아이들을 향해 "여기 갓난애기 있어. 애기." 하고 소리쳤다. 아이들이 몰려들었다.

조금 시간이 지났을 때 아래컨 마을 쪽에서 할머니가 허둥지둥 올라오는 모습이 보였다.

"기 차라. 기 차라. 베락이나 콱 맞아라. 죄를 받아라." 하면서 할머니는 애기를 안고 내려갔다.

다음 날 오전 수업이 끝났을 때 담임 선생님은 기쁜 소식을 알려 주었다. 우리 학급이 백두산 답사를 가게 되었다는 소식이었다. 아이들은 일제히 야! 하고 환성을 올렸다. 얼마나 가고 싶은 백두산이었던가. 더욱이 누구나 갈 수 없고 시에서 두 개 학급만이 뽑혔다니 말이다. 백두산 노래를 부르면서, 백두산 시를 읊으면서, 백두산 이야기를 들으면서 맘속으로 그렸고 꿈결에도 오르고 싶은 백두산이었다. 국어 교과서를 펼쳐 들고 조기천의 장편 서사시 《백두산》을 소리 내어 읊으면서 천지에 올랐었다. 준비 작업은 일사불란하게 진행되었다. 우선 군복과 모자, 배낭, 신발, 벨트를 자체적으로 준비해야 했다. 그런데 더욱 난감한 것은 백두 밀림에서 싸우던 항일 유격대원들처럼 흰 광목천을 구입해 산에 올라 참나무 잎을 뜯어 가마솥에 끓인 다음 그 우러난 물로 염색해야 한다는 것이었다. 흰 광목천은 공업품 상점에도, 농민시장에서도 파는 것이 없었고 구입하기 어려웠다. 중학교 2학년 혁명력사 교과서 제10과 '재봉틀'에는 이런 내용이 담겨져 있었다.

"1936년 여름. 소왕청 유격 근거지의 밤은 깊어 가고 있었다. 풀벌레들도 숲속에 깊이 잠든 밤. 꺼져 가는 등잔불을 돋우시며 김정숙 동지께서는 잠을 이루시지 못하신다. 겨울이 오기 전까지 200벌의 군복을 지을데 대한 임무를 사령관 동지로부터 받아안았기 때문이다. 어느 날 김정숙 동지께서는 군복을 바꿔 입으시고 마을로 내려가셨다. 포목상 주인을 찾으신 김정숙 동지께서는 밤새도록 포목상 주인을 설득하여 여러 필의 광목천을 구입하셨다. 그렇게 구입한 광목천을 밤새 운반하여 참나무 잎을 끓여 가며 물들였다.

낮과 밤 따로 없이 재봉틀을 돌리던 중 난관에 부딪혔다. 재봉 바늘이 모두 부러진 것이다. 유격대원들은 철사를 달구어 두드려 가며 바늘을 만들기 시작했다. 그런데 가는 철사에 바늘구멍을 뚫는 건 쉽지 않았다. 가까스로 바늘을 만들어 재봉틀에 끼우고 돌리면 또 부러졌다. 부러지고, 또 부러지고 겨울이 가까워지고 있었다.

그렇게 구슬땀을 흘려가며 억 천만 번 죽더라도 원수를 치자고 맹세 다지며 새날이 밝아올 무렵 재봉틀에 바늘을 끼우고 돌렸을 때, 드디어 해내고야 말았다.

그렇게 백절불구의 혁명 정신을 발휘하여 김정숙 동지께서는 맡은 임무를 훌륭히 수행하였다."

우리 반 아이들도 백두 밀림에서 온갖 고초를 이겨 내며 항일 유격대원들이 군복을 지어 입던, 그런 혁명 정신으로 군복을 지어 입어야했다. 그렇게 지어 입은, 백두의 풀물 오른 군복을 입고 혁명의 성지 백두산에 올라야 했다. 그런 영광이 세상에 더 없을 것만 같았고 긍지와 자부심, 희망에 부풀었다. 엄마는 마당에 풍로불을 피워 놓고 큰 가마솥에 참나무잎을 끓여 가며 흰 광목천을 물들였다. 그런데 생각과는 달랐다. 아무리 장시간 끓여도 풀색이 우러나지 않았다. 잎사귀를 더 쏟아붓고 오랜 시간 동안 펄펄 끓이니 진녹색이 미미하게 우러났고 그다음 광목천을 담그고 푹 끓여 냈다. 거기에 소금과 식초. 백분을 조금씩 넣었다.

정성을 다해 염색했지만 광목천을 햇빛에 널어 말리니 연두색천이 되었다. 엄마는 할 수 없다며 천을 재단해 한 땀 한 땀 깁기 시작했다. 그럴 때 난 재봉기가 있었으면 얼마나 좋을까? 하고 생각했다. 우리 마을에는 유독 영식이네 집에 낡은 비둘기 재봉틀이 있었다. 영식이는 교복 바지 무릎과 엉덩이가 꿰지면 재봉기로 곱게 기워 입었다. 난 영식이네 그 낡은 비둘기 재봉기가 부러웠다. 학교에 다녀오면 난 갈아입을 옷이 없었다. 그래서 할 수 없이 집에서도 교복 차림 그대로였다. 그러다 보니 금방 바지가 꿰졌다.

엄마는 내 바지를 꿰맬 때 엉덩이와 무릎에 다른 색 천을 대고 기웠다. 교복 바지 색과 같은 곤색 천이 없어서였다. 실도 검은 실이나 곤색 실이 없어 이불을 깁는 흰 실로 기웠다. 그러다 보니 기워 입은 내 교복 바지는 우스꽝스러워 보였다.

난 아침 조회 때마다 무릎과 엉덩이에 색종이를 붙여 놓은 것 같은 그 우스꽝스러운 교복 바지를 입고 우두커니 대열 속에 서 있는 것이 몹시도 부끄러웠다. 어떤 땐 꿰진 무릎 안으로 같은 색의 천 조각을 밥풀로 붙여 외모 검열 시간을 모면하기도 하였다. 엄마는 밤을 새워 가며 희끄무레한 전등갓을 낮춰 놓고 바느질했고 그렇게 모자와 배낭까지 갖춰졌다. 백두의 풀물 오른 군복과 똑같이 지어 입은 내 모습은 우스꽝스러워 보였다. 흰 광목천에 풀물이 제대로 배지 않아 군복 색상이 아닌 옅은 연둣빛 옷이 되었다. 이른 봄 돋아나는 새순보다 더 연해 보였다. 그러나 빨간 오각별이 달린 군모를 쓰고 제대 군인한테 빌린 벨트를 단정히 두른, 거울에 비친 내 모습은 조금은 영화에 나오는 유격대 전염병처럼 보였다. 엄마는 도시락이 식으면 안 된다며 외할머니한테서 물려받은 크림색 함박꽃 무늬가 수놓아진 모범단 저고리를 뜯어 목화솜으로 꽁꽁 싸서 배낭 깊숙이 넣어 주셨다. 백두산은 날씨가 추울 테니, 발이 날개니, 발이 얼면 안 된다며 머리카락을 자르시어 깔창을 만들어 깔아 주셨다. 허리춤에서 내야 하는 사진값 15원까지 합쳐 쌈지돈 40원을 꺼내시어 필요할 때만 아껴 쓰라며 "어디다 넣겠니? 깊숙이 넣어야 해." 하셨다.

청진역 플랫폼에는 환송 인파로 물결쳤다. 도와 시, 행정, 당 간부들이 나왔고 꽃보라가 머리 우에 하늘하늘 떨어져 내렸다. 방송차에서는 "지금 백두산 혁명전적지 답사길에 오른 함경북도 소년단 대표단이 드디어 열차에 오르고 있습니다." 하고 울려 퍼졌다.

대오는 붉은 기를 높이 들고 씩씩하게 행진하며 갑무 경비 도로를 걸었다. 백두산 기슭의 갑무 경비 도로는 일제가 만주 토벌을 위해 만

들어 놓은 도로인데 양옆으로 아름드리 이깔나무가 곧게 우거지고 직
선 도로 구간이 100리였다. 뒤따르는 방송차에서 20살에 백혈병으로
요절한 천재 시인 주옥양의 서정시 《어데서나 백두산에 오르리》가 숭
엄하게 울려 퍼졌다.

　　　내 토끼 무늬 가방 메던 유치원 시절

　　　아버지가 떠오신 천지 물 마시며

　　　너를 그렸고

　　　소년단 넥타이 시절

　　　답사 갔던 그 동무 가져다준

　　　부석돌 받아 쥐고

　　　꿈속에도 네 우에 올랐다

　　　…

　　　아 백두산

　　　내 지금 그렇게도 그리던

　　　네 우에 오르나니

　　　산은 산마다 우리 수령님 걸으신

　　　발자취 어려 있고

　　　바위는 바위마다 그 숨결 어려 있나니

　　　…

　　　너의 맑은 천지 물은

언제나 진함 없는 나의 피

…

아 백두산 백두산

내 만일 한 점의 티라도 낀다면

어데서나 네 우에 오르리

내 만일 한 떨기 꽃으로 폈다 시들면

여기 올라 다시 필 자리 찾으리

아 어데서나 백두산에 오르리.

아득히 펼쳐진 이깔나무 숲속에 붉게 노을이 지고 있었다. 대오 앞의 붉은 기가 그 핏빛으로 더욱 짙어졌다. 백두산 천지에서 찍은 단체 사진을 보면 내 얼굴이 붉겨 있었다. 너무 체질이 허약하고 고생해서였을 게다.

10

작은 창으로 가을 햇살이 비껴들었다.

영식이와 나는 정지방에 걸린 작은 거울 앞에 서 있었다. 그 낡은
거울은 내가 세상에 태어나기 전부터 그 벽에 걸려있었다. 금이 갔고
희뿌옇게 김이 서린 것처럼 바랬는데 밑 부분 한쪽 귀퉁이에 또 다른
금이 간 선을 따라 하얀 종이를 덧바른 볼품없이 낡은 거울이었다.

영식이가 거울을 빤히 들여다보며 어른들처럼 이마를 덮은 앞머리
를 쓸어 올리며 말했다.

"글쎄 말이야, 내 말 좀 들어 봐. 우리나라를 찾은 어느 외국인이 그
랬대. 조선의 어린이들은 예쁜데, 이마가 보이면 더 예쁠 텐데 왜 앞
머리로 이마를 가렸느냐고. 그랬대. 그래서 아버지 원수님께서 세상
에서 제일 행복한 우리 어린이들의 이마가 환히 보이게, 앞머리를 뒤
로 넘기게 해 주어야 한다며 말씀하셨대. 그리하여 이제부턴 모든 학
교들에서 그렇게 머리 모양을 해야 한대. 우리 어린이들의 머리 모양
새까지 일일이 마음 쓰시는 아버지 원수님의 사랑은 하늘의 높이에

도, 바다의 깊이에도 비길 수 없어. 하늘을 종이 삼아, 바다를 먹물 삼아 그 사랑 그 은정을 다 쓴데도 끝이 없을 거야. 그러기에 우리나라를 찾는 외국의 벗들은 조선의 어린이들은 세상에서 가장 행복한 어린이들이라 한대."

이렇게 말한 영식이는 그 사랑, 그 은정이 가슴 벅찬 듯 거울을 들여다보며, 앞머리를 쓸어 올리면서 목청껏 노래를 불렀다.

저 푸른 하늘이 높고 높아도
원수님 사랑에 어이 비기랴
바다가 아무리 깊다 하여도
원수님 은혜에 어이 비기랴
아 부럼 없어라 행복하여라
김일성 원수님 품에 우리는 행복하여라

영식이의 앞머리는 쓸어 올리면 내려오고 또 쓸어 올리면 더 내려오고 하였다. 그러자 영식이는 이마를 덮은 앞머리를 손바닥으로 비비며 문질러 끌어올렸다. 그랬더니 다시 흘러내리지 않고 쓸어 올린 그대로 이마가 조금씩 훤히 보였다. 나도 영식이가 하는 것과 똑같이 손바닥으로 앞머리를 힘껏 비비며 문질러 쓸어 올렸더니 어른처럼 이마가 훤히 보였고 앞머리는 멋있게 뒤로 넘겨졌다. 그런 나를 힐긋 쳐다본 영식이는 "히야." 하고 호호호 웃은 다음 "진짜 예쁘다." 한 다음 옷걸이에 걸린 연분홍 누나 스웨터를 벗겨 들었고 그런 다음 내 상의를 와락와락 벗겼다.

영식이는 "이걸 입어 봐." 한 다음 "아니, 내가 입혀 줄게." 했고 연분홍 누나 스웨터를 내 몸에 돌려 입혔다. 그랬더니 연분홍 목티를 입은 것처럼 되었다. 영식이는 그렇게 바뀐 나를 거울 가까이로 이끌더니 "봐봐. 진짜 예뻐. 우와. 우인희(당시 유명한 영화배우) 같아." 하고는 호호호 웃었다.

난 그런 내 모습을 자세히 보기 위해 거울 가까이로 얼굴을 더 바싹 디밀었다. 그랬더니 거울 속에 비친 내 모습은 영식이가 말한 것처럼 〈한 지대장에 대한 이야기〉의 주인공 우인희 같았다. 우인희처럼 이목구비가 뚜렷하고 정말 예뻐 보였다. 거울 가까이서 얼굴을 뗀 나는 머리를 돌려 입이 벙긋 벌어진 영식의 얼굴을 물끄러미 바라보았다. 영식이도 의아한 눈길로 나를 빤히 쳐다보았다. 난 씽- 부엌 쪽으로 걸어가 희끄무레하게 빛이 드는 작은 창문의 낡은 커튼을 쳤다. 그랬더니 방 안이 어두워지고 거울 속도 들여다보이지 않았다. 그때 쾅- 쾅- 쾅- 부엌문 두드리는 소리가 들렸다. "영진아, 문 열어라. 이놈아, 대낮부터 안으로 문 잠그고, 커튼까지 치고 도대체 뭘 하느냐? 얼른 문 열지 못하겠니?"

영식이와 나는 동시에 화들짝 놀라 문을 열었다. 엄마는 기차를 타고 함흥 외갓집에 갔었는데 그렇게 빨리 올 줄 몰랐다. 엄마는 커다란 짐 보따리를 이고 문 앞에 서서 나를 빤히 내려다보더니

"아니, 대낮부터 안으로 문 잠그고 무슨 짓을 하는 거냐? 커튼까지 쳐 놓고." 한 다음 또다시 나를 뚫어져라 내려다봤다. 난 부엌문으로 들어서는 엄마를 비껴 서며 벽에 걸린 거울을 힐끗 들여다보았다. 그랬더니 거울 속에 비친 내 모습은 창백하게 상기돼 있었다.

하늘도 파랗고 바다도 파랗고 울긋불긋 갯바위는 검은데 바닷가 절벽엔 진녹색 소나무가 비껴 서 있다. 바다 한가운데 주먹처럼 생긴 주먹 바위엔 바닷새 배설물이 하얀 모자를 쓴 것 같다. 부서지는 파도와 날아예는 갈매기들도 하얀데 백사장 금빛 모래는 황금색이고 보이는 산들은 수놓은 진녹색 주단을 펼쳐 놓은 것만 같다. 강산이 한쪽의 수묵화 같았다.

영식이와 선철이는 주먹 바위까지 자맥질하고 난 뜨거운 모래불에 반듯이 누워 파란 하늘을 쳐다본 다음 쏟아지는 햇볕에 눈이 부셔 얇은 눈꺼풀을 파르르 떨며 동그란 손거울을 손에 쥐고 작은 얼굴을 들여다봤다. 그런데 거뭇거뭇한 콧수염이 보드랍게 자라고 있었다. 난 깜짝 놀랐고 그 얼굴이 부끄러웠다. 영식이 얼굴처럼 하얗게 모조리 뽑아 버리고 싶었다.

우리 반 아이들 중엔 다른 반에 없는 특별하고 별난 아이들이 몇 명 있었다.

양록화는 쉼 없이 소처럼 되새김질한다. 수업 시간에도, 쉬는 시간에도, 풀 먹는 짐승처럼 욱- 하고 먹은 위 속의 음식물을 목구멍으로 끌어올려 부지런히 씹은 다음 다시 꿀꺽 삼킨다. 그렇게 되새김질할 때면 우리 집 양하고 똑같다.

앵두코라 불리는 남수는 유독 코끝이 앵두처럼 빨갛다. 그래서 아이들은 야! 앵두코- 하고 부른다.

영수는 만화를 잘 그린다. 수업 시간 선생님의 설명은 듣지 않고 머리를 숙이고 만화 그리기에만 온 정신이 가 있다. 영수가 그리는 그림엔 살찐 어미 돼지 두 마리가 쌍붙는 그림도 있고 젖가슴과 엉덩이가 풍만한 여자가 가늘고 기다란 다리를 꼬고 침대에 비스듬히 기대 있는 섹시한 그림도 있다.

정수 아버진 도예술단 배우인데 그래서인지 정수는 창가 시간, 선생님이 손풍금 건반을 임의대로 바꿔 가며 누를 때 미, 라, 솔 하고 다 알아맞힌다. 난 선생님이 까만 건반을 누르며 "무슨 음입니까?" 할 때, 도무지 삐- 울리는 그 음이 무슨 음인지 알 수 없지만 정수는 제꺽 높은 솔 하고 대답한다.

문호는 얇은 구리판을 자르고, 썰고, 닦고, 하며 꽃도 만들고 토끼도 만들고 반짝반짝 빛이 나는 작은 선물함과 가락지도 만든다.

공부를 잘하는 현우는 벽 쪽에 삐딱이 기대앉아 학습장을 들고 건성건성 쓰면서 선생님의 설명을 듣는 것 같은데 그러면서도 모든 문제를 척척 다 풀고 알아맞힌다.

중학교에 올라간 첫 학기. 1교시는 영어 시간이다. 영어와 한문은 중학교 과정부터 배운다. 수업 시작종이 울리는 것과 동시에 선생님

들만 나들 수 있는 앞문을 벌컥 열고 상급생 아바이란 아이가 잔뜩 상
기된 얼굴로 들어서면서 "애들아, 니네 첫 수업이 영어 시간이지?" 한
다. 머리카락이 아바이처럼 하얗다 하여 아바이라 한다. 그 애는 전
교생이 다 안다. 왜냐하면 아버지가 청진조선소 기사장이고 전교 1등
수재기 때문이다. 1500명, 전교 아이들은 그 애가 머리가 남달리 하얘
머리가 비상하다 한다. 아바이는 예쁜 처녀 선생님이 오나 문밖으로
목을 내밀고 복도 쪽을 힐긋한 다음 "니네, 수업 진행될 때 누가, 선생
님한테 한 가지 질문이 있습니다. 잉글리시 티처 이즈 매이즈가 뭡니
까? 하고 질문해 알겠지?" 한다. 학급 아이들은 두 눈이 말똥말똥하여
그러는 아바이를 쳐다봤고 곧 이어 예쁘고 늘씬한 처녀 선생님이 교
수안을 받쳐 들고 교실에 들어섰다. 김순복은 별명이 '낙타봉 5원 30
전'이다. 평양의 모란봉처럼 청진에도 낙타봉이 있다. 시내 중심에 낙
타등처럼 야트막하고 아름답게 솟아 있는 낙타봉엔 동물원이 있고 해
방 탑이 있는데 시민들의 유원지다. 또 남녀 청춘들의 데이트 장소이
기도 하다.

처음 누가 붙여 놓은 별명인지 모르겠으나 김순복이 어느 날 저
녁 낙타봉에 올라 5원 30전을 받고 몸을 팔았다는 것이다. 그래서 전
교 아이들은 아름다운 처녀 선생을 낙타봉 5원 30전이라고 한다. 영
어 선생님은 칠판에 영어 자모를 또박또박 곱게 쓴 다음 돌아서며 "이
제부터 영어 시간에는 영어로 인사를 나누겠습니다." 한 다음 "선생님
이 교실에 들어서서 '굿모닝' 하면 여러분들도 '굿모닝 티처' 해야 합니

다." 했고 몇 번 반복한 다음 수업이 진행됐다. 수업이 진행될 때 철호가 문득 오른손을 쳐들더니 "선생님, 한 가지 질문이 있습니다." 한 다음 "우린 왜 미국 놈을 한 하늘을 이고 살 수 없는 철천지원수, 승냥이라고 하면서 영어를 배워야 합니까? 아름답고 좋은 우리글, 우리말도 있는데 하필이면 영어를 배워야 하는가 말입니다." 한다.

선생님은 찬찬히 그렇게 질문하는 철호를 바라보더니 "영어는 전 세계 공통어입니다. 그렇기 때문에 수학을 비롯한 모든 기호, 표기들은 영어로 되어 있습니다. 그리고 전쟁에서 하마 공작으로 적들을 항복시킬 수 있기 때문입니다. 지난 조국해방전쟁 시기 인민군 용사들은 미국 놈들에게 하마 공작을 하여 총 한방 쏘지 않고 투항하게 만들었습니다. 너희들은 생포되었다. 무기를 버리고 투항하라. 너희들은 돈에 팔려 전쟁터에 내몰렸고 고향에선 부모처자가 기다리고 있다. 너희들도 살고 싶지 않느냐? 살아서 고향에 돌아가고 싶지 않느냐 말이다. 이렇게 영어로 하마 공작을 하기 위해서입니다." 했을 때 영수가 "선생님. 영어로 잉글리시 티처 이즈 매이즈가 무슨 말입니까?" 했다. 순간 처녀 선생님은 얼굴이 빨갛게 변하더니 그렇게 질문하는 영수를 빤히 바라본다. 우리는 그때 그것이 무슨 말인지 몰랐고, 나중에야 알게 됐지만 '영어 선생님, 시집 안 갑니까?' 이런 문장이었다.

마지막 5교시가 끝났을 때 담임 선생님은 아버지 원수님의 탄생 기념일을 맞으며 학급별로 전교적인 써클경연 대회가 진행되는데 우리 학급에서는 중창을 준비해야 한단다. 그러면서 중창조 명단을 발표했다. 영광스럽게도 중창조에 뽑힌 8명의 아이들은 하나같이 나보다 키가 크고 외모도 깨끗하고 공부도 잘하고 무엇보다 직종, 직급이 높은 아버지들이 훌륭하고 잘사는 집 아이들이었다. 난 아버지도 안 계시고 집안 형편이 어렵다 보니 외모도 불결하고 공부도 못했다. 수업이 끝나고 중창조 아이들이 씩씩하고 낭랑한 목소리로 노래할 때 난 교실 문틈으로 부러운 눈길로 들여다보다 밤하늘의 반짝이는 별들을 바라보았고 그러느라면 맘속은 한없이 허전하고 서글프고 슬펐다.

다음 날도, 그다음 날도 아이들의 노랫소리가 교실에, 교정에 울려 퍼졌다.

우리 학급 동무들 하나같이 씩씩해
수학도 일등 달리기도 일등
모두가 일등이야
라~ 라~ 우리 학급 동무들
제일이야. 제일이야.

어느 날 담임 선생님이 한 아이를 데리고 교실에 들어서더니 화성에서 전학 온 아이라며 인사시켰다. 문철이라는 그 애는 새로 부임돼 온 마을 담당 보위 지도원의 아들이었다. 문철이는 다른 애들과 달랐다. 몸짓이 심하고 목소리가 크고 언제나 당당했다. 그리고 낯가림 같은 것도 없이 선생님이나 아이들을 뻔뻔한 눈길로 빤히 쳐다봤다.

3교시는 생물 시간이었는데 무엇 때문이었던지 여선생님이 문철이를 지적했고 앞으로 불러낸 다음 "야, 니네 아버지 보위 지도원이면 다야?" 하고 소리쳤다. 며칠이 지나서였다. 등굣길에 영식이가 "내 말 좀 들어 봐. 문철이 아버지가 생물 선생님의 뒷조사한대. 학교 내 선생님들 한 분 한 분 불러내 개별 면담한다는 거야. 생물 선생님이 언제, 어디서, 몇 시 몇 분경에 이러이러한 말을 했느냐며? 생물 선생님이 원수님 가게 이야기를 언젠가 했다는 거야."

영식이는 나에게 이렇게 말하며 검지를 세워 입술에 대며 누가 들을세라 쉿! 한다.

우리 반에 문철이와 키가 큰 선우는 단짝 친구였다. 선우 아버지는 남반부 출신이었는데 도 안전국(경찰청) 병원 외과 과장이었다. 선우 아버지는 서울이 고향인데 6.25 때 연세대학교 의대에 재학 중 의용군에 입대하여 월북했단다.

단짝 친구인 문철이와 선우는 다른 아이들이 맬 수 없는 나일론 넥타이를 목에 둘렀고 도시락도 다른 아이들이 맛볼 수 없는 닭알이나 덴뿌라 같은 것도 싸 왔다.

등굣길에 영식이가 또다시 재잘거렸다. "글쎄 말이야, 내 말 좀 들어 봐. 제철소 지배인이 간첩이라는 거야. 잡혀갔대. 아버지 원수님께서 제철소를 현지 지도하실 때 곁에서 동행하던 유명한 분인데 간첩이라니, 너무 놀랍지 않니?" 당시 온 나라에 '자수하라!'는 열풍이 불었다. 담벼락이나 거리에 '자수하라. 그러면 우리 당은 용서해 준다.'라는 포스터가 나붙고 내걸렸고 공장기업소의 예술선전대와 학교 기동 선전 대원들은 각 학교, 공장, 농장, 일터마다 찾아다니며 공연했는데 무대에선 딸이 아버지를 붙잡고 "아버지, 제발 자수하세요. 아버지는 죄가 없어요. 당시 그랬고 그래서 아버지가 어쩔 수 없이 그러셨던 게 아니나요? 솔직히 당 앞에 다 털어놓으세요. 그러면 어머니 당의 품은 용서해 줄 거예요?" 하며 눈물을 흘리는 공연이 매일과 같이 진행되었다. 자고 일어나면 어디서 누가 자수했다느니 누가 간첩이었다느니 하는 소문만 무성했다.

자정이 지났을 때 개 짖는 소리가 들리고 전조등 불빛이 희번덕거리더니 선우네 집에 검은 양복에 선글라스를 낀 요원들이 들이닥쳤다. 선우 아버지는 이미 예상했다는 듯 침착한 몸가짐으로 장롱을 조용히 열고 제일 아끼던 양복을 꺼내 입고 넥타이를 단정히 매고 구두를 신는다. 선우는 잠결에 그러는 아버지를 찬찬히 본 다음 아버지를 내려다보고 선 문철이 아버지의 모습을 똑똑히 보았다. 그렇게 선우 아버지는 무엇 때문이었는지 정치범 수용소에 끌려가고 선우네는 깊은 산골짜기에 추방되었다.

중학교 3학년에 올라갔고 봄이 왔다.

그 봄, 우리 반 아이들은 기차를 타고 멀리 황해북도 금천군 강북리란 곳으로 봄철 농촌 지원을 떠났다. 기차는 낮이나 밤이나 종일 달렸고 우리가 내린 곳은 금천군이란 곳이었는데 거기서 다시 화물차 적

재함에 올라 굽이굽이 산길로, 강변으로 달리고 또 달렸다. 가는 길에 북변 땅 도시에선 볼 수 없는 과수원도 보이고 풀을 뜯는 양 떼들도 보이는데 아이들은 그때마다 야! 야! 하고 탄성이었다. 우리는 강북리 1작업반에 배치받았고 농가에 짐을 풀었다. 농가 앞으로 예성강이 흐르고 멀리 강 건너편에 아득히 들판과 과수원, 집들이 보였는데 그곳은 연백벌이란다. 강 하구 쪽에 아득히 멀리 보이는 산은 강화도라 했다. 주인집 할머니는 "논 면적이 500정보(1정보는 3000평)야. 중조벌이라고도 하지. 전쟁이 끝나고 중공군들이 1962년까지 마을에 머물며 강둑을 보강하고 넓은 벌을 개간했어. 그래서 중조벌이라고 해. 중공군들은 개구리를 잡아 개구리 다리를 불에 구워 잘 먹었어. 그땐 먹을 게 풍족했는데 하늘에서 직승기(헬기)가 식료품을 떨어뜨리기도 했지." 하셨다. 우리 반 아이들은 꼭두새벽부터 밤늦게까지 차디찬 논에 들어서서 벼모를 뜨고 모내기를 하였는데 허리가 끊어질 듯 아프고 무엇보다 못 견디도록 배가 고팠다. 너무 배가 고파 아이들은 밭이랑에 뿌려 놓은 종자 콩을 주워 먹었는데 그러는 아이들을 본 농장원 할머니는 "그 종자 콩에 농약을 뿌렸어. 먹으면 안 돼." 하였다. 그렇게 그 넓은 중조벌에 세벌 김매기까지 끝냈을 땐 초여름이었고 우린 기차를 타고 돌아왔다.

4학년에 올라갔을 땐 손에 무거운 자동보총을 들고 여름 방학을 이용한 한 달간의 붉은 청년근위대 훈련에 동원되었고 연이어 집단체조 훈련을 시작하였다. 매일 5교시가 끝나면 4, 5학년 아이들은 열을 지어 노래 부르며 교원대학 운동장까지 이동하여 어두워질 때까지 집단 체조 연습을 진행했다. 그 거리는 왕복 10리 길이었다. 우리 12연대가 맡은 출연 종목은 조국통일장이었는데 우리 학교와 교원대학, 의학고등학교 학생들이 한 조였다. 청진시 학생 소년들이 출연하는 대집단 체조였고 '주체의 대 야금기지'라는 주제로 늦가을까지 공연을 완성해야 하는데 청진제철소 현지 지도에 맞추어 원수님 앞에서 공연한단다. 수업이 끝나고 매일 그렇게 먼 길을 걸어 훈련할 때면 녹초가 되었고 허기진 배를 그러안고 어두워진 집 언덕을 터벅터벅 올라야 했다.

또다시 겨울이 가고 봄이 되었을 때 담임 선생님은 "이번 졸업 사진은 학교를 배경으로 크고 멋지게 찍을 거다. 독사진도 뽑을 거구 사진대는 15원이다." 하였고 졸업 사진을 찍는 날 찬바람이 획- 불었다. 내가 찍을 차례인데 옷차림이 너무 남루하여 차마 카메라 앞에 설 수 없었다. 쭈뼛쭈뼛하던 난 철구한테 다가가 "옷 좀 바꿔 입어." 했다. 졸업을 앞둔 아이들은 저마다 군대에 가겠다 했고 군사동원부에서 신체검사가 진행되었다.

체중 38kg, 키 1미터 45센티. 군의관이 소리쳤다. 체중도, 키도 모자라는 것이다. 게다가 내 얼굴은 먹지 못해 부석부석 붓졌었다.

졸업 사진의 내 모습도 그렇게 부석부석 붓긴 내 얼굴 모습이었다.

11

눈 내리는 겨울밤은 고요히 깊어 갔다.

아궁이엔 석탄불이 뻘겋게 타오르고 등잔불이 가물거린다. 스피커에선 〈눈이 내린다〉의 선율이 심금을 울리며 조용히 어두운 공간에 감돈다. 빨찌산은 밀림의 눈 내리는 밤을 이야기하고 엄마는 눈 내리는 이 밤을 이야기한다.

"네가 집을 떠날 때 멀리 동구 밖까지 따라서던 누렁이는 7년을 살았어. 그날 먹을 게 없어 호박잎을 데쳤는데 아마 그걸 먹었던 게야. 늦여름 호박잎엔 독이 있다더라. 두 눈이 붉어지고 조금 튀어나오는 것 같더니 몹시 괴로워하더구나. 영순이가 죽은 누렁이를 안고 많이 울었어. 불쌍해서 그랬겠지 어쩌나 마음이 안 좋던지."

"네가 세상에 태어나기 전이었어. 네 아버지가 멀리 선천 전상자 병원에서 대수술 받았을 땐데 난 부둣가 학고방집에서 장사하며 살았지. 시장통 작은 가판대에 사카린과 고춧가루. 그리고 휘발유도 몰래 넘겨받아 팔았어. 그런데 그렇게 장사가 잘되는 거야. 내 옆에는 양언

187

니처럼 생각하는 옥색이 언니가 있었는데 그 언니 건 사지 않고 내 것만 사더라고. 난 양언니한테 그때 돈으로 3500만 원을 빌려주고도 많은 돈을 모았지. 그 돈은 물론 받지 못했지만 말이다. 그런데 어느 날 학고방집에 불이 났어. 몰래 넘겨받아 팔던 휘발유에 불이 옮겨붙은 거야. 난 네 누나를 이불에 둘둘 말아 밖으로 내던진 다음 이불 밑에 감춰 두었던 돈 보따리를 밖으로 집어던졌어. 삐라처럼 날리더구나. 이불로 치솟은 불길을 덮으며 굴렀는데 이쪽으로 덮으면 저쪽으로 치솟고 저쪽으로 덮으면 이쪽으로 치솟고 하더구나. 난 두 다리에 화상을 입었고 학고방집은 잿더미로 변했지. 날이 어두워지는데 어찌나 몸이 떨리며 춥던지. 그런데 네 누나가 부엌이었던 땅을 파더니 작은 단지를 끄집어내는 거야. 그 속엔 하얀 입쌀이 담겨 있더구나. 매끼 밥할 때마다 둬 숟가락씩 떠 단지에 저축했다나. 그 쪼끄만 게 어쩌면 그런 생각 다 했을까? 금방 일어섰어. 깊은 밤이었는데 해군 병사가 문을 두드리더구나. 이 집이 불난 집이냐면서 소련제 해군 오버와 한 사발 정도 되는 사카린을 내놓더니 돈을 500원만 달라고 하더라. 당시 소련제 해군 오버는 엄청 비싸게 팔렸거든. 사카린도 그렇고. 난 밖으로 내던진 그 돈을 한 푼도 잃지 않고 모두 찾았어. 아니 글쎄 동사무장 아바이가 모두 주워 한 푼도 안 쓰고 고스란히 가져왔더라구. 어찌나 고맙던지."

깊어 가는 밤하늘에 함박눈은 소리 없이 내리고 또 내리는데 엄마의 이야기는 간간이 이어진다.

"네가 군대에 간 이듬해 겨울이었어. 겨울 방학이 시작됐는데 영순이와 영학이가 라진 큰집에 가겠다며 떼쓰는 거야. 하도 조르기에 다녀오라 했지. 그런데 저녁 기차를 타고 떠난 애들이 자정이 지난 새벽에 집에 들어서는 거야. 난 깜짝 놀라 물었지. 그랬더니 죄를 지은 것처럼 부엌켠에 서서 씨물씨물 웃기만 하는데 애들이 손이고 발이고, 두 볼이 빨갛게 얼었더라구. 그날 날이 얼마나 추웠던지 두 눈이 빨갛게 충혈된 거야 라진역에 내려 캄캄한 십 리길을 걸어 큰집에 들어섰는데 너의 큰아버지가 왜 왔냐며, 엄마가 보내왔냐며, 분명히 너들끼리 엄마 몰래 온 게 분명하다면서 선 자리에서 쫓아 보냈다는 거야. 그 추운데 애들 밥두 안 먹여서 말이다. 그게 사람 새끼냐? 다시 캄캄한 길을 되돌아서서 기차를 기다려 탔다누나. 청진역에 내려서 집까지 그 먼 길을 걸었다지 뭐니? 난 울면서 소리쳤어. 싸다 싸. 에미가 가지 말라는데 말을 안 듣고 가더니 싸다, 싸다고 너의 큰아버지는 그렇게 모색한 인간이다. 한 배 속에서 난 형제가 어쩌면 그리도 다를까? 네 아버지 반만 닮았어두."

"설날이었어. 그날 난 줄당콩을 얹고 찰옥수수 시루떡을 했었지. 너의 아버진 앓아누웠고. 라진 큰아버지는 청암동에 사는 네 사촌 형집에 들렀다가 우리 집으로 함께 왔어. 명절상을 물린 다음 앓아누운 네 아버지 곁에 빙 둘러앉았는데 그러더구나. 병 조리를 잘 해야 한다면서. 나도 그렇고, 네 누나와 형들도 그렇고 큰아버지가 협동 농장에서 일 년 분배를 탔으니 앓아누운 네 아버지에게 돈 몇 푼이라도 내놓을 줄 알았어. 약이나 사 들라고 근데 말이야. 안주머니에서 돈 400원을 꺼내더니 그 돈을 네 사촌 형에게 주는 거야. 보태 쓰라면서. 그리곤 씽 일어나 나갔는데 네 아버지가 이불을 뒤집어쓰고 서럽게 울더구나. 난 소리쳤어. 울긴 왜 우냐고. 기를 쓰고 살면 되지. 울긴 왜 우냐고 소리쳤어. 네 큰아버진 그런 인간이다. 제 아들에겐 보는 앞에서 400원이나 주면서 앓아누운 제 동생이 불쌍하지도 않단 말이더냐."

"쌍둥이 큰애가 중학교를 졸업하고 사회생활을 시작한 해였어. 갑자기 라진 큰집에 가겠다는 거야. 큰아버지한테. 큰아버지가 찬 손목시계를 달라겠대. 그런데 웬 걸. 빈손으로 되돌아왔어. 그리곤 그 시계를 네 사촌 형한테 줬어. 그런 인간이다."

난 엄마 이야기를 들으면서 흥부와 놀부에 대해 생각했다. 큰아버진 놀부, 우리 아버진 흥부, 부러진 제비 다리를 정성껏 싸매 주고 복받는 흥부. 고의로 제비 다리를 부러뜨리고 망하는 놀부. 밖에서 컹컹 개 짖는 소리가 들린다.

등잔 기름을 아끼려 엄마는 후- 하고 불어 꺼 버렸다. 엄마는 "에유, 겨울밤이 길기두 길지. 이 눈이 얼마나 오려나?" 한 다음 내 쪽으로 머리를 돌리며 "자니?" 한다. 내가 "아니." 하니 "너희 아버진 담배를 안 피셨지. 어쩌다 마음이 안 좋거나 기분이 상한 일이 있을 땐 딱 반으로 잘라 피셨다. 그날 퇴근해 들오셨는데 어둑어둑한 방 안에 앉아 고개를 푹 숙이고 담배를 딱 반으로 끊어 피는 거야. 난 따졌지. '당신 공장에서 무슨 안 좋은 일 있었죠?' 하고 그날 일 끝나고 종업원 총회가 있었는데 당 비서란 놈이 숱한 종업원들 앞에서 네 아버지를 일으켜 세우고 '부지배인 동무. 똑바로, 사실대로 말해 보시오. 해방 전 땅을 몇 정보 소유했습니까?' 하고 따지더란 거야. 아니 글쎄, 부지배인인데, 부지배인을 숱한 종업원들 앞에서 일으켜 세우고, 그게 인간이냐? 난 온밤 한잠도 못 잤어. 이불 속에서 주먹을 꼭 쥐고 날이 밝기만을 기다렸지. 너무 분해서 말이야. 덜 돼먹은 새끼. 깝데기를 벗겨 놔야지 하고 단단히 벼렀어. 다음 날 출근하자마자 당 비서실 문을 열어제쳤어. 그리곤 책상을 뒤집어엎었어. 소리쳤지. 사람이 양반이니, 어떻게 보고 수작이냐고, 너 같은 건 열을 주고도 바꾸지 못한다고 그 일로 나중에 공장 담당 보위 지도원이 찾더구나." 어둠 속에서 엄마는 "양반이었어. 기껏 이눔아 하는 소리만 들어 봤지." 한 다음 "그때 내가 네 외갓집에 이삼일 다녀오며 네 아버지 보고 밥과 반찬은 다 해 놨으니 꼭 끼니 챙겨 드시라고 신신당부하고 떠났어. 근데 말이야. 다녀오니 밥이 그대로 있는 거야. 한 끼도 안 들구 책상에 앉아 책만 봤더구나. 난 너무 어이없어 울었어." 엄마 이야기가 끊겼을 때 난 "엄마. 근데 쌍둥이 작은형 말이오. 한쪽 눈이 원래 날 때부터 그런 거요?" 하고 물었다. 엄마는 "…아니야." 한 다음 "근데 너 이 말 절대 쌍둥이 형한테 하면 안 된다." 하고 다짐을 받은 다음 "그땐 네가 태어난 독진에서 살 때고 네 아버지는 수산조합 부기장이었지. 네 누나가 태어난 지 얼마 되지 않았었고 거기에 막달까지 잡히니 너무 타수하고 힘든 거야. 그래서 배 속의 태아를 떨구려고 빨랫비누를 삼키곤 왝-

왝- 토하고 계단에서 굴러 보기도 했지. 계단에 데굴데굴 굴러 눈을 떠 보니 캄캄한 밤하늘에 별들이 총총하더구나. 5분 간격으로 쌍둥이 가 나왔는데 조금씩 커 가면서 작은애가 한쪽 눈이 조금 이상한 거야. 그래서 손가락에 침을 묻혀 살짝 씻어 보니 오른쪽 눈이 조금 작은 게, 삘리리 눈이더구나. 생각했지. '내가 태아를 떨구려고 비누도 먹 고 계단에서 굴러서 그런가?' 하고." 한 다음 엄마는 내 쪽으로 돌아누 우며 또다시 "근데 너 이 말 절대 하면 안 된다." 하고 또다시 다짐을 받은 다음 "둘이 등하교할 땐 꼭 손을 잡고 다녔어. 어느 날 그렇게 길 을 걷는데 어떤 중년 남자가 애들을 멈춰 세우더니 '야, 고 참 묘하다. 근데 참 아깝네' 하더라는 거야. 그러면서 허리 숙여 작은애의 눈을 자 세히 들여다보더니 '애, 너 이 눈 수술하지 않겠니? 왼쪽 눈과 똑같이 되게' 했다지. 그러자 작은애가 중년 남자를 빤히 쳐다보며 '그렇게 수 술하면 정말로 두 눈이 똑같이 될 수 있나요?' 하니 중년 남자가 하는 말이 '되구 말구' 했다는 거야. 그 중년 남자는 시병원 안과 과장 선생 이었어. 그래서 며칠 후 시병원 안과에 입원했지. 수술을 받고 붕대를 풀었는데도 작은 눈은 그대로였는데 과장 선생님은 머리를 갸웃거리 며 '애. 너 혹시 배 안에 병신이니?' 하더라는 거야. 퇴원해 집으로 들 어서며 하는 말이 '엄마. 나 배 안에 병신이요? 의사 선생님이 하는 말 이 배 안에 병신이면 눈을 수술해도 소용이 없다는데요' 하더라구."

쌍둥이 큰형은 커 가면서 작은형보고 째보, 째보 하고 놀렸다. 내 가 학교에서 다녀와서 작은형 점심밥을 야금야금 긁어먹었을 때, 작은형이 화나서 내 머리를 쥐어박으면 난 울면서 째보 째보 같은 게 했고 그다음 더 크게 울었다.

12

새벽이었다.

"이걸 드시지 않고."

아버지는 씽- 하고 나가신다.

엄마의 두 손엔 뜨거운 죽 그릇이 들려 있다.

새날이 밝아오고 동이 텄다.

"해남이 아부지. 이 벤또(도시락) 바다에서 우리 애아부지 보문 좀 주시꾸마. 아무것두 안 드시구 나가셨는디."

물역에 파도가 처절썩- 발목을 적신다.

땅거미가 내리고 어두워지도록 아버지는 바다에서 돌아오지 않으신다. "철이 아부지. 바다에서 우리 애아부지 못 봤수꾸마."

엄마는 검푸른 바다를 향해 아버지를 부르고 또 불렀다. 돌이 지난 영철이가 등에 업혀 배고파 울고 또 울었다.

다음 날에도, 그다음 날에도….

바다엔 안개가 뿌옇게 끼여 한 치 앞도 보이지 않았다. 등대 고동 소리가 붕붕- 슬프게 울렸다.

아버지는 낙지(오징어)가 잡히지 않자, 지쳐 이물에 비스듬히 기대어 잠이 들었다. 그때 해군 함정이 작은 덴마(쪽배)를 갈고 지났다.

며칠 후 늙은 어부가 그물을 들어 올리다 아버지의 시체를 찾았다. 엄마는 시신이 뉘인 물역으로 맨발로 달렸다. 등에 업힌 영철이가 울고 또 울었다. 그때 내 나이 12살이었고 1972년 여름이었다.

꽃 피는 봄날에도, 비 오는 여름날에도, 낙엽이 흩날리는 가을에도, 눈 오는 겨울에도 어린 나는 깊은 슬픔에 잠겨, 엄마를 기다리며 울고 또 울었다.

그러다가도 깊은 생각에 잠겨 작은 창밖을 하염없이 바라보았다. 엄마는 예리한 눈동자로 나를 바라보더니 걱정과 근심에 잠긴 표정으로 "쟤는 저 쪼끄만 게 도대체 무슨 생각을 저리도 깊이 하고 있을까? 저 애 마음속엔 무엇이 들어 있을까? 저 애는 도대체 커서 무엇이 될까?" 하셨다. 어린 나는 바구니를 들고 뒷산에 올라 토끼풀을 뜯다 파란 하늘에 나는 비행기를 보면 비행사가 되고 싶었고 그 비행기를 타고 창공을 넘어 멀리멀리 가고 싶었다. 바닷가 벼랑 턱에 희뿌연 봄안개 감돌아 흐르고 붕- 붕- 등대 고동 소리 길게 들릴 때면 "아직 돌아오지 못한 배들이 있을까?" 하고 마음 썼고 어스름이 내릴 적 기적소리 들리면 마음 설레었다.

선생님은 뻐꾹새가 노래한다고 했지만 난 운다고 생각했다. 철 따라 줄지어 날아예는 기러기들 무리 속에선 꼭 한 마리씩 뒤처지곤 하는데 난 "어서 기운 내. 힘찬 날갯짓으로 어서 따라잡아야지." 하고 속삭였다. 그렇게 자라 별을 세던 아이는 어른이 되었을 때 집을 떠났다. 1996년 봄이었다.

저 멀리 희뿌연 하늘가에 흰 눈을 이고 우뚝 솟은 천보산이 보이고 살을 에는 듯한 강추위가 계속될 때 난 아름드리 원시림 속에서 쿵-쿵- 나무를 찍었다. 북경으로 갈 차비를 마련하기 위해서였다. 고요한 숲속에 도끼질 소리가 메아리치고 산허리에 쌓인 눈은 허리까지 치는데 풍풍 소리 없이 내리는 함박눈에 가려 사람도, 숲도, 보이지 않는다.

쁘지직- "야! 또 한 대 넘어간다."

얼굴이 둥글고 눈썹이 짙고 두 눈이 부리부리하고 양어깨가 단단하게 벌어진, 기운이 황소 같은 한족 젊은이 황파 목소리다. 황파는 산동 사람이란다. 문화대혁명 때 조선족들만 살던 마을에 모 주석은 한족들을 이주시켰단다. 그래서 두만강과 압록강변에서 살아가는 한족들은 조선말을 잘했다. 산동 지역은 가도 가도 끝이 없는 지평선이어서 농번기가 끝나면 할 일이 없단다. 그래서 젊은이들은 초겨울이 되면 이불 짐을 둘러메고 산이 많은 연변으로 나무하러 온다고 했다.

그들은 기운이 장사였다. 하루 종일 산판에서 나무를 찍어 끌어내리면 로반(사장)은 5원을 준다. 그렇게 만 원을 모으면 농촌 총각이 장가를 갈 수 있단다. 예로부터 중국은 여자가 귀해 남자가 장가를 가려면 돈을 여자 집에 줘야 한단다. 농촌에서 만 원을 벌려면 한 해 농사 가지고도 모자란다 했다. 황파는 그 산동 젊은이들과 나무를 찍어 내렸고 나의 딱한 사정을 알고 돈을 벌게 해 주었다. 눈이 그치고 눈보라가 휘몰아치던 날, 난 힘껏 내리친 도끼날에 발등을 찍었다. 어찌나 강추위였던지 신발을 꿰고 박힌 발등엔 허옇게 뼈가 보이는데도 피가 나지 않는다. 황급히 달려온 황파가 큰 눈을 더 크게 부릅뜨고 주저앉은 나를 뚫어져라 내려다보며 "어째 그랬소?" 한다.

황파의 등에 업혀 산을 내렸고 그날 저물 때 황파 마누라는 저녁상을 차려 주었다. "차린 건 없어두 많이 드오." 할 때 나는 떨어지는 눈물을 참으려 혀를 꾹 깨물었다. 그날 밤 통증이 심해 뜬눈으로 밤을 새웠다. 황파가 종일 눈 덮인 산판에서 통나무를 찍어 내리고 해 질 녘 집에 들어서면 마누라 소화가 곱게 화장을 하고 침대에 앉아 마작을 한다. 황파는 저녁 식사를 준비해 차리고 식사가 끝나면 더운물을 떠다 소화의 발을 씻긴다. 섣달그믐날이었는데 황파네 집 어귀에서 앙칼진 소화의 고함 소리가 들린다. 황파는 얼음 강판에 자빠진 황소처럼 큰 눈을 데굴거리며 집 마당에 우두커니 서 있는데 소화는 웬일인지 황파의 면전에 삿대질을 해대며 악을 쓴다. 그러더니 테- 하고 황파의 얼굴에 침을 뱉는다. 황파는 담배를 피우며 나를 보고 "중국말을 배우오. 안 그러면 굶어 죽소." 한다. 그러면서 "일할 때 '초피그' 하고 내가 소리치면 담배 한 대 피우라는 소리요. 그때면 하던 일 그만하고 쉬어야 하오." 한다.

황파는 휘휘 도끼를 휘두르며 나무를 찍다가 건너편 능선에서 일하는 나에게 '초피그' 하고 소리쳤다. 그러면 나는 도끼를 집어던지고 허리를 펴며 펄썩 주저앉았다. 식사 시간이 되어 산장에 빙 둘러앉아 식사할 때 곁에 앉은 황파에게 "'식사 같이 합시다?'를 중국 말로 뭐라고 해?" 했다. 황파는 "어험." 하더니 "차우디 마. 하면 되오." 한다.

난 부엌칸에서 야채를 가리고 있는 50이 지난 노총각 거페이에게 "차우디마." 했다. 그랬더니 그는 고개를 휙 돌리고 나를 뚫어지게 쳐다보더니, 그다음에야 알아차렸던지 표정을 바꾸며 "다른 사람이 그랬다면 맞아 죽어." 한다. 황파가 가르쳐 준 그 말은 '니 에미하고 ○해라'라는 입에 담지 못할 쌍말이었다. 그리고 가르쳐 준 '초피그'라는 말은 '엉치, 엉덩이'라는 말이었다.

산장에 1996년 새해 설날 아침이 밝았다. 일꾼들은 설 명절을 쇠러 마을로 내려가고 난 부엌에 불을 지피고 도끼와 물통을 들고 눈길을 헤치며 개울가로 내려갔다. 두꺼운 얼음을 깨고 바가지로 물을 퍼 담을 때 까치가 깍- 깍- 거렸고 산 아래칸으로부터 광춘이가 걸어 올라왔다. "형. 빨리 우리 집에 가기오. 엄마가 데려오라고 하오." 조선족 총각인 광춘이는 여름에 천보산에서 돌을 캘 때 함께 일하며 친해진 사이였다. 설날, 사람도 집짐승들도 배불리 먹고 어두워져 곤히 잠들었을 때 희끄무레한 전등불 밑에서 끄르륵- 끄르륵- 옥수수를 까며 광춘이 어머니는 도란도란 말씀하신다. "차라리 문화대혁명 때가 좋았어. 지금은 농촌에 젊은 여자들이 없지. 전부 도시로 나가고 어쩌다 농촌 총각한테 시집온 각시들도 아이 하나, 둘, 낳고 살다가도 돈이 없으면 달아나. 광훈이 각시도 그렇게 달아났어. 그다음부터 걔가 타락한 사람처럼 일은 하지 않고 매일 술을 마시고 드러누워 있지." 광훈이는 광춘이 큰형이었다. "참 아까운 아이였어. 둘째가 말이여. 이름이 광일이었지. 삼 형제 중 제일 잘 생겼었지. 공부도 참 잘했고, 그림을 잘 그렸어. 어떻게 하나, 하늘이 무너지는 한이 있더라도 미대에 가는 것이 꿈이라 했지. 그해 봄. 소원대로 대련에 있는 미대에 입학했지. 어찌나 좋아하던지. 한 학기 학비가 만 원이었어. 난 남의 집 땅까지 빌려 기를 쓰고 콩 농사를 지었지. 볕이 뜨겁게 내리쬐는데 김을 매다 머리를 쳐드니 아지랑이 피어나는 이랑 끝이 아득히 보이는 거야. 난 숨이 막히며 왈칵 눈물이 쏟아지더라구. 그해 가을 끝내 돌아오고야 말았지. 학비를 못내 쫓겨 왔던 거야. 그다음부터 말이 없었어. 날이 밝을 때 부엌에 내려가 불을 지피는데 먼저 일어나 장화를 신고 마당으로 나갔던 애아부지가 도로 부엌문으로 들어서더니 신발장 곁에 털썩 주저앉는 거야. 그러더니 담배쌈지를 꺼내 들고 담배를 말아 들더니 후- 하고 길게 담배 연기를 뿜어내드라구. 난 부엌에서 고개를 쳐들고 그러는 애아빠를 한참 쳐다봤지. 그런데 한참 뜸을 들이더니 '이젠 끝났어. 갔다구' 하는 거야. 난 그 어떤 예감이 들어 벌떡 일어나 마당으로 나선 다음 창고 문을 열어 보니 목맸더라구. 그렇게 갔어. 아까운 애가." 한 손에 까다만 마른 옥수수를 들고 멍하니 어두운 창밖을 바라보는 광춘이 어머니의 주름진 얼굴에 불빛이 어른거렸다. 밖에서 컹컹 개 짖는 소리가 들린다. "그런데 말이에요. 광춘이 어머니. 광춘이는 태어날 때부터 한쪽 눈이 그랬나요?" 내가 물었다.

광춘이는 보기 좋은 보통 키에 피부가 하얗고 이마가 반듯하고 각진 턱에 코마루가 높았다. 난 말은 못했지만 '참 아까운 얼굴인데 한쪽 눈이' 하고 생각했었다. 어두운 밖에서는 눈보라가 윙- 하고 몰아치며 문풍지가 부르르- 떨고 눈가루가 쏴- 하고 창문을 때린다. 광춘이 어머니는 "얼어 죽을 사람은 나오라네." 한 다음 "아니라네. 여름이었는데 그날 나는 집체 농장 오전 일을 마치고 점심시간이어서 마당에 풍로불을 피우고 텃밭에서 파낸 감자를 삶고 있었지. 그런데 광춘이네 반 조무래기들이 울바자 너머로 '광춘이 어머니. 광춘이가 지금 저 아래 돌다리 밑에서 한족 애들한테 매 맞고 있습니다' 하는 거야. 난 두 주먹을 부르쥐고 달려 내려갔지. 나를 알아본 한족 아이들은 달아났는데, 온 얼굴이 피투성이드라구. 난 황급히 들쳐 업고 진 병원으로 냅다 달렸네. 하지만 한쪽 눈은 끝내 저렇게." 광춘이 어머니는 목이 메이는지 더 말을 잇지 못하신다.

박달나무도 얼어 터진다는 혹독한 겨울이 가고 봄이 되었을 때, 새벽에 수탉이 꼬끼여- 하고 울면 광춘이와 나는 소를 끌고 쌀쌀한 논둑길을 걸었다. 광춘이는 "천 송인가 만 송인가 진달래꽃 송이송이 어머니께 바친 정성 꽃같이 피어났네." 하고 내가 아는 노래를 부른다. "야, 그거 〈꽃파는 처녀〉 주제가 아니야?" 할 때 광춘이는 뚝 그치고 "맞소." 한 다음 "내가 어릴 때 그 영화를 보려고 마을 사람들과 함께 트랙토를 타고 60리 밤길을 달렸소. 그 영화를 보며 얼마나 울었던 지." 한 다음 연이어 "꽃 사시오. 꽃 사시오. 어여쁜 빨간꽃." 하고 부른다. 어떤 날에는 흥에 겨워 "노란 샤쯔 입은 말없는 그 사람이." 하고 부르는데 내가 "야. 그거 어느 나라 노래야? 재미있는데? 날 좀 배워 줘." 하면 "따라하오." 한 다음 "어쩐지 나는 좋아 어쩐지 맘에 들어." 하고 계속 연이어 부른다. 광춘이는 노래를 하다가 뚝 그치고 나를 돌아보며 "형님. 한국에 가면 날 좀 데려가 주오." 한다.

광춘이에게는 꿈이 있다. 한국에 가 돈을 많이 벌어 가지고 장가가는 것이다. 봄이 가고 여름이었는데 햇빛이 쨍쨍이 내리쬐던 날 광춘이 어머니는 마당에서 갓 수확한 해콩을 까고 있었다. 그런데 지나가던 멀뚱한 한족 영감이 걸음을 멈추고 울바자 너머로 멍하니 광춘이 어머니를 바라보고 섰다.

다음 날도, 그다음 날도 그런다. 광춘이 어머니는 "야. 니 무엇 때문에 사람을 그렇게 쳐다보고 섰느냐?" 하셨는데 자세히 보니 키가 훤칠한 영감이 지적이고 잘생겼다. 며칠 후 한 젊은 여인이 찾아왔는데 한족 영감의 딸이란다. 연길 시내에서 큰 슈퍼마켓을 하고 있는데 아버지는 철도 공사에 35년을 몸담아 계시다 퇴직하셨고 퇴직 연금으로만 평생 잘 먹고 잘살 수 있단다. 남은 인생 아버지 곁에만 있어 준다면 왕비처럼 고이 두 손으로 떠받쳐 모시겠단다. 그랬을 때 광춘이 어머니는 "니 미쳤나?" 했고 밤이 되었을 때 광춘이는 "엄마. 그 한족 영감한테 시집가오. 우리 걱정은 말고. 그 한족 영감 돈이 많답데. 농사짓는 집에 변변한 소가 없다면서 소를 사 주겠답데." 그런다. 광춘이와 나는 아침 일찍 약속대로 한족 영감이 사준 소를 가지러 버스를 타고 안도로 떠났다.

안도에 도착한 것은 정오 무렵이었고 옥수수단을 실은 달구지를 메운 소를 끌고 안도를 출발할 땐 정오가 지나서였다. 얼마에 팔렸는지는 모르겠지만 광춘이네 집에 팔려 가는 어미 소는 광춘이 어머니처럼 눈이 크고 근면하고 어질게 생겼다. 눈빛이 선한 머리를 숙이고 뚜벅뚜벅 흙길로 잘도 걷는다. 이깔나무 숲속, 산 비탈길로 접어들었을 땐 어둠이 내렸고 밤하늘엔 은하수가 곱게 비끼고 둥근달이 앞길을 환히 비춰 주었다. 난 옥수수단에 앉아 조용히 노래를 부른다.

가없는 넓은 광야에 내 마음 달리네
이깔나무 숲속에 해는 저무러가네
가도 가도 끝이 없네 자유의 길 찾는다.
비바람도 눈보라도 앞을 가리네

하얀 달빛이 "이랴! 빨리 가자!" 하는 광춘이의 뒷모습을 비춰 주고 이깔나무 숲속 길을 밝혀 준다.

정다운 고향 산천을 떠난 지도 몇 해냐
타향살이 설움이 뼈에 사무치네

가도 가도 끝이 없네 아득한 지평선

방울 소리 처량하게 들려옵니다.

광춘이네 집으로 팔려 온 어미 소가 새끼를 뱄을 때 난 광춘이네 집을 떠났고, 그날 아침 그렇게 헤어질 때 어미 소는 근심 어린 눈으로 날 멀뚱히 바라봤다.

그땐 가을이었고 떠나기 전날 밤 꿈을 꿨는데 꿈속에서 어미 소는 등에 나를 태우고 훨훨 날아 휴전선을 넘었다. 꼭 꿈처럼 되었다. 북경 한국 대사관에 찾아갔을 때 거지라고 내쫓았고 청도 한국 영사관에 찾아갔을 땐 개를 쫓듯 꺼지라고 했고 상해 한국 영사관으로 찾아갔을 땐 북한에 다시 돌아가 통치자의 동상을 폭파시키고 오면 한국으로 보내 준다 하였다.

중국어 한마디 모르고 돈 한 푼 없이 1년 1개월 동안 홍콩 쪽으로, 동남아 쪽으로, 몽골 쪽으로, 시도하다 모두 실패했고 굳게 결심하고 죽을 각오로 다시 두만강을 건너 2000리 길을 걸어 그날 밤 휴전선을 무사히 넘었을 때 난 '지금쯤은 광춘이네 어미 소가 새끼를 또 낳았겠지. 한 마리? 두 마리?'라고 생각했다.

난 사선을 헤치며 휴전선을 넘을 때 세 번, 아니 그러니깐 정확히 네 번 죽을 고비를 넘겼다. 그때마다 광춘이네 어미 소가 나를 불쌍히 여겨 구해 주었다고 생각했다. 왜 그랬던지 모르겠다. 1997년 봄이었다.

그와 나는 신통하게도 성씨도, 이름도, 나이도, 생일도, 심지어 엄마 배 속에서 태어난 시간까지도 꼭 같다. 다만 태어난 고향이 서로 다르다. 나는 북녘땅, 그는 남녘땅. 우리는 베이비붐 세대다. 어느 날 저녁. 포장마차에서 닭똥집에 소주 한잔할 때 그는 깊은 감회에 젖어 석양이 지는 서쪽 하늘가를 바라보며 "내가 고등학교 때였어. 책을 사려고 돈을 달라고 하면 엄마는 꼭 없다는 거야. 그러면서 감을 팔면 주겠다나. 매번마다 그러는 거야. 난 보고 싶은 영화도 보지 않고 그 돈으로 책을 샀어. 어느 날 하굣길이었는데 같은 반 아이가 따라서며 피 뽑으러 가자는 거야. 피를 뽑으면 돈을 준다나. 나도 따라가겠다 했지. 피를 뽑고 받은 돈이 8000원이었어. 그 돈을 꼭 쥐고 책을 사려고 하는데 키가 큰 상급생 두 명이 앞을 가로막더니 돈을 내놓으라 하더라구. 손에 꼭 쥐고 있던 돈을 뺏겼는데 그렇게도 허전하고 서운하고 아쉽드라구." 했을 때 난 소주잔을 들다 말고 하하하 웃었다. "야, 야 진짜 똑같네. 거짓말이 아니었어. 수업 시간 국어 교과서를 펼쳐 들고 남녘땅 아이들은 월사금을 내지 못하여 교실에서 쫓겨나 피를 팔러 간다며 소리 높이 읊었거든." 한 다음 난 또다시 배를 그러쥐고 웃었다. 소학교 3학년 국어 교과서 제7과 '월사금'이었다. 월사금을 내지 못하여 수업 시간 교실에서 쫓겨난 영재가 교실 창가에 얼굴을 대고 부러운 눈으로 공부하는 아이들을 들여다보는 모습이 그려져 있었다.

그 영재가 노도처럼 물결치는 항쟁의 거리에서 탱크 앞을 막아서며 웃통을 벗어 손에 들고 "쏠 테면 쏘아라!" 하는 내용이었다. 아이들은 교과서를 펼쳐 들고 "그렇게 어린 영재는 항쟁의 거리에서 미군이 쏜 총탄에 맞아 쓰러졌습니다." 하고 낭랑한 목소리로 목청껏 읊었다.

"난 말이야. 영재처럼 남녘땅 어린이들이 불쌍해 맛있는 거 있으면 꼭 감추었다가 엄마 보고 남녘땅 아이들 가져다주겠다 했어." 했을 때 그는 "난 북한 사람들이 정말로 얼굴이 빨갛고 머리에 뿔났을 줄 알았어. 근데 이렇게 보고 있으니 아니네." 한다.

그날 그와 나는 여름휴가 때 지리산 등반을 약속했다.

아파트 발코니에서 내려다보니 학교 운동장에서 두 명의 남자아이가 농구대에 공을 던지며 뛰놀고 있는 모습이 보였다. 한참 보고 있노라니 나도 동심으로 돌아간 듯 그 애들과 뛰놀고 싶었다. 난 며칠 전 아파트 단지에서 주운 농구공을 집어 들고 밖으로 나섰다. 퉁- 퉁- 공을 튕기면서 아이들 곁으로 다가간 나는 마주 보며 히쭉 웃고는 농구대에 공을 던졌다. 한참 셋이서 공을 던지는데 난 재미있었고 그 애들이 귀여웠다. 내가 높게 던진 공은 빈번히 빗나갔지만 그 애들은 나보다 명중률이 더 높았다. 하여간 어른 하나, 아이 둘. 그렇게 셋이서 공을 던지며 까르르- 웃었다. 한참 그러는데 둘 중 키가 조금 더 큰 아이가 나를 찬찬히 보더니 시물적 웃은 다음 작은 아이에게 다가가더니 귓속말로 뭐라고 소곤거렸다. 그러더니 둘이 마주 보며 씩 웃은 다음 큰 아이가 나한테 다가온다.

"아저씨. 우리 공 던지기 내기할래요? 10번 슛하는데 슛당 천 원이요." 그 말을 들었을 때 퍼뜩 머릿속에 스치는 생각이 '그래. 너희들. 내가 저들보다 더 못 던지니 이런 내기를 제안하는구나' 하고 생각했다. '그러나 어떠랴. 함께 재미나게 놀아 주면 되는 거지. 귀여운 아이들 하고' 생각했다. 결과는 예상한 대로 대 참패였다.

난 10번을 던져 한 골도 못 넣었다. 내가 높이 던진 공은 이상하게 매번마다 물먹으러 갔다. 그러나 그 애들은 백발백중이었다. 내가 히죽 웃으며 지갑에서 만 원을 꺼내 주자 그 애들은 좋아라 깔깔거리며 멀어져 갔다.

집에 돌아와 가만히 생각해 보니 참으로 신기했다. "저 쪼끄만 것들이 어쩌면 그런 생각을 다 했을까?" 하고 생각했다.

등하굣길에 선생님과 마주치면 너무 어렵고 부끄러워 꾸벅, 인사를 하고는 얼굴을 붉히는 순진한 북녘 아이들이 생각났다.

난 언제나 아내인 미라보다 먼저 퇴근했다.

물독에 물을 길어 채워 놓고 부엌에 불을 지피고 나면 삽작문 열리는 소리가 들리고 부엌문 앞에 갸웃이 머리를 기울이고 얌전히 앉아 있던 흰둥이가 꼬리를 흔들며 반가움에 마중 가고, 좋아라 매달리는 흰둥이에게 "저리 가." 하는 목소리가 들린다. 부엌문을 활짝 열어 놓고 저녁밥을 지을 때 "선생님…." 하는 소리가 들린다. "응, 옥이구나. 어서 와라."

"선생님. 이거 어머니가…." 하며 손에 든 바구니를 내민다. 오이며, 가지며, 고추다. "오우야. 이거 금방 밭에서 딴 거구나. 싱싱하네. 이걸 뭘 가져오느라고 그러니. 어머니한테 잘 먹겠다고, 고맙다고 전해라." 어떤 날은 바구니에 하얗고 까만 귀여운 토끼 새끼가 담겨졌다. "선생님. 어미 토끼가 새끼를 낳았습니다."

"아이. 귀여워라. 그런데 철이야. 이거 어머니한테 승낙 받았니? 네 맘대로 어머니 몰래 가져온 게 아니야?" "아닙니다. 어머니가 선생님 키우시라고 보내셨는데요." 미라는 귀여운 새끼 토끼를 받아 들며 "저녁 먹었니? 저녁 먹구 가렴." 한다. 미라 생일은 6월 6일이다.

그날은 소년단 창립 기념일이기도 하다.

해마다 그날이 오면 전국의 아이들은 운동회를 진행한다. 그날 아이들은 선생님 도시락을 맛있게 준비한다.

운동회가 끝나고 석양이 질 때 "선생님." 하고 아이들이 찾아온다. 좁은 방에 빙 둘러앉은 아이들은 선생님 생일 음식을 한상 차려 놓고 "선생님. 생신을 축하드립니다." 한 다음 노래를 부른다. 귀한 술도 한 병 준비했다. 아이들은 수줍어 얼굴을 붉히며 선생님한테 술을 따른다. 생각해 보면 미라는 거기에서, 아이들 속에서 생의 기쁨과 슬픔, 보람과 행복을 찾는 것 같았다. 난 생각했었다. 저 여인은 선생님을 안 했더라면 어쩔 뻔했을까? 어떻게 살았을까? 미라는 천상 선생님이었다. 하루라도, 한시라도 교단에 서지 못하면 세상을 살지 못할 것만 같았다. 어느 날 텔레비전에서 〈여교원〉이란 영화를 방영했는데 그 영화를 보는 미라 눈에서는 눈물이 하염없이 흘러내렸다. 미라는 청

진 제1사범대학(지금의 오중흡대학)을 졸업하고 아버지가 교장으로
계시는 모교에 중고등학교 수학 선생님으로 발령받았다. 이웃 학교에
언니도 수학 선생이었다. "처음 대학에 입학했을 때 성라 언니는 수물
학부 졸업반이었는데 총학생회장이었어요. 청진사대는 농구로 전국
에 유명했는데 언니가 농구부 주장이었어요. 언니는 유독 머리가 노
랬는데 그래서였던지 인기가 많았죠. 그 동생이라면서 많이 예뻐해
주었어요." 미라의 말이었다. 처녀 선생들은 시집을 가면 다시 교단
에 서기 어려웠는데 구역 교육부장이 다시 교단에 서게 해 달라며 찾
아온 수학 선생의 자질을 알아보고 힘써 주었다. 미라 아버지는 1964
년 군에서 제대하여 4년제 청진교원대학을 마쳤고 한평생 수학 선생
님으로, 교장으로 교직에 몸담으셨다. "그때 열서너 살이었지 어느 날
친구와 무작정 떠났어. 서울에 가 공부하자면서 돈 한 푼 없이 빈손에
무슨 재주로 공부하겠어? …끝내 되돌아서고야 말았는데 돌아올 차
비가 있어야지? …걷고 또 걸었지. 아마 한 달 만에 고향으로 돌아왔
을 거야. 그 몰골이 말이 아니었어. 옷은 다 찢어지고 맨발이고."

"해방 전 일본군에 징집되어 필리핀 작은 섬에 끌려갔어. 그때 소
대 인원이 35명이었는데 나는 단짝 친구와 이러다 다 죽는다면서 야
밤에 도주했어. 그런데 거기가 작은 섬이라는 걸 미처 생각 못 했던
거야. 빙빙 돌며 걷고 또 걸었어. 날 밝을 무렵 작은 고구마밭이 나타
났어. 거기에 다락이 지어져 있더라고. 굶주리고 지쳐 거기 기어올라
잠이 들었지. 그런데 잠결에 그 무슨 웅성웅성하는 소리가 들리더라

구. 눈을 뜨고 내려다보니 소대가 우릴 찾아 샅샅이 뒤지며 거기까지 왔더라고. 영락없이 잡혔지. 둘은 소대 앞에 섰어. 소대장이 선언하더라구. 도망병을 총살한다구. 사격 준비- 하는 구령 소리가 들리고 수십 개의 총구가 우릴 겨누고, 다시 사, 사격할 때 부소대장이 소대장 앞에 무릎 꿇는 거야. 한번만 용서해 달라고 하면서 말이야… 자기가 책임지겠다며. 소대장은 일본 장교였고 부소대장은 조선인이었어. 나중에 들은 이야기지만 그 우릴 살려 준 부소대장 고향이 충청도 어디라고 했지. 살아생전 꼭 한번 만나봤으면 그렇게 살아났어."

"나한텐 한 가지 긍지와 자랑이 있지. 그것은 8남매 모두를 하나같이 대학 공부를 시켰다는 거야."

맑은 물이 흘러내리는 마을엔 옛 고구려 성터와 봉화대가 있었는데 퇴직하시고 그 문화재를 관리하셨고 대학 입시를 앞둔 아이들을 지도해 주셨다. 대학에 합격한 아이들은 설 명절 때 양복감이며, 여러 가지 선물들을 준비해 가지고 찾았다. 그리곤 머리 숙여 공손히 술을 부어 올렸다.

온 마을뿐만 아니라 학교, 구역에까지 다 전해지고 알려진 한 가지 일화가 있었다. 교장 선생님이 대학 4년간 단돈 1원(1000원)을 썼다는 이야기였다. 돈 한 푼 들이지 않는 무상 교육, 무상 치료에 교복과 학용품까지 나라에서 다 공급해 주고 그땐 나라에서 대학생들에게 매달 20원씩 장학금까지 주었다. 그러니 대학 4년, 전 기간 단돈 1원을 쓰셨다는 이야기는 일리가 있는 말씀일 거다.

모교에서 졸업시킨 아이들이 군에서 제대하여, 또 군관 학교를 졸업하고 어깨에 멋진 별을 달고 찾아올 때도 있었고 제대한 제자들이 결혼식을 올리고 신부와 함께 꽃다발을 들고 찾아올 때도 있었다. 그때마다 미라는 맨발로 달려 나가며 "이게 누구냐. 학철이가 아니냐. 왔구나 왔어. 됐다. 잘됐다. 너무 멋지다." 하면서 얼싸안고 눈시울을 적셨다. 모교에서 어린아이들이 손을 잡고 80리 길을 걸어 옛 선생님을 찾아올 때도 있었다. 그러면 미라는 "너희들이 이렇게 먼 길을 걸어오다니 어디 발 좀 보자. 부르트지 않았니? 세상에." 하며 어린 제자들을 쓰다듬었다. 그러면 천진한 아이들은 얼굴을 붉히며 "일없습니다(괜찮습니다). 힘들지 않습니다." 했고 미라는 "점심두 못 먹었겠구나. 세상에." 하면서 "조금만 참아라. 금방 밥해 줄게." 하며 부엌에 불을 지폈다.

그러면 아이들은 소곤거리면서 방 안을 둘러보았다.

난 그렇게 집에 아이들이 찾아오면 즐겁고 좋았다. 그때만큼은 적막한 집안에 생기가 돌고 활력소가 넘쳤다. 어느 날 모교에서 중학교 2학년 어린 남자아이 둘이 큰 배낭을 메고 80리 길을 걸어 선생님을 찾아온 것이다. 봄이었는데 배낭엔 산나물이 가득 들어 있었다. 모교가 있는 마을은 시내에서 계곡을 따라 50리 남짓 오르막 산길을 따라 서쪽으로 걸어야 하는 산골 마을이다.

"여기는 아무리 귀한 손님이 와도 산나물과 옥수수, 감자, 호박밖이 없다오." 장모님의 말씀이셨다.

두 아이는 전날 아침 일찍 산에 올라 산나물을 뜯어 배낭에 채워 가지고 선생님에게 찾아간다며 그 먼 길을 걸은 것이다. 미라는 배낭 속의 싱싱한 산나물들을 쓸며 "아니. 너희들. 이 많은 걸 뜯으려 얼마나." 하며 눈시울을 적셨다.

선생님들이 담임을 맡으면 중고등학교 1학년부터 6년 졸업할 때까지 6년간 쭉 맡게 된다. 담임을 맡지 못한 선생님들은 이제나, 저제나 하며 차례를 기다린다.

미라는 6년간 맡았던 아이들을 졸업시키는 것과 동시에 또 새로 올라온 1학년 아이들을 맡게 된다. 그러니 담임 맡기를 오랫동안 기다리던 선생님들이 당연히 의견이 있기 마련이다. 그 선생님들은 교장 선생님께 항의한다.

그러나 어쩔 수 없다. 학부형들이 미리부터 교장 선생님을 찾아가 미라 선생님이 담임을 맡게 해 달라며 간청하는 것이다. 6년간 맡았던 아이들이 졸업할 즈음이었다.

아이들은 저들끼리 모여 앉아 의논한 끝에 선생님께 졸업 선물을 준비했다. 그런데 그 선물 속에는 질 좋은 양복감도 들어 있었다. 교사 한 달 급여가 120원인데 장마당에서 양복감 1벌에 600원이었다. 미라는 "얘네들 어쩌면 좋아." 하며 걱정했다. 퇴근하던 미라는 학부모와 마주쳤다.

서로 인사를 나눈 후 학부모가 "선생님. 그런데 요즘 아이들 매일 늦게 파하는 거예요? 우리 경석이 요즘 매일 밤늦게 들어와요." 할 때 미라는 "그럴 리 있나요?" 했고 사연인즉 이러했다. 경석이는 학교가 파하면 매일 산에 올랐다. 송이버섯을 찾기 위해서다. 송이버섯이 외화벌이가 되고, 송이버섯을 캐면 귀한 물품 살 수 있으니 산은 산마다 모조리 헤집어 놓아 옛날 같지 않았다. 송이꾼들은 동이 트기 전 도시락을 싸 가지고 단단히 잡도리하고 집을 나서는데, 그렇게 깊은 산속까지 헤매며 종일 발품 팔아도 한 뿌리도 못 캘 때가 빈번했다.

경석이는 어둠이 내릴 때까지 산속에서 한 뿌리, 두 뿌리 찾은 송이버섯으로 모란봉 여자용 손목시계를 구입했다. 그 빨간 케이스에 든 손목시계를 선생님께 두 손으로 내밀며 "선생님. 졸업 선물입니다." 하였다.

어느덧 퇴근한 미라는 "내일은 경석이가 선물한 손목시계를 차고 나가야겠네요. 수업 시간 경석이가 선생님이 손목시계를 찼나 하여 여겨 보네요." 했다.

졸업을 하고 군대에 나간 제자들은 초소에서 선생님에게 편지를 보내어왔다. "그때 제가 선생님 속을 무지 썩였지요."

새벽 4시. 첫 버스를 타고 출근하여 기본 작업을 끝내면 오전 8시가 된다. 기본 작업을 끝냈을 때 폰이 울렸다.

15층 담당 미화원 서연옥이었다.

"반장님. 로비에서 소장님이 찾으시는데요."

로비에서 소장의 지시를 받고 봉고 차에 올랐다.

10층 담당 미화원 김정희와 8층 담당 미화원 이순옥도 함께 탔다. 청소 도구를 실었고 소장이 운전했다.

운전 중 소장의 이야기는 이러했다.

서울의 한양대학교 부속 중고등학교 미화원 넷이 급여가 적다면서 3일 전부터 약속이나 한 듯 출근하지 않았단다. 통화도 안 된단다. 사람을 구할 때까지 우리가 해야 한단다. 도착하니 중학교와 고등학교가 붙어 있었다.

우리는 먼저 청소 도구와 쓰레기봉투를 들고 중학교에 들어섰다. 현관을 지나 어둑어둑한 계단으로 올랐다. 3일간 청소를 하지 않은 계단은 희뿌옇다. 그런데 창턱마다 담배꽁초가 보인다. 구석구석 쓰레기가 넘쳐 났고 화장실에 들어서니 더 엉망인데 변기와 소변기, 세면대에도 담배꽁초가 보였다.

한창 쓸으며 닦으며 청소를 하고 있는데 한 무리의 남·여 아이들이 우르르 화장실에 들어섰다. 열서너 살쯤으로 보였다. 여자아이들은 아가씨들처럼 눈썹을 길게 그리고 입술이 빨갛게 화장을 했는데 머리를 어깨까지 길게 길렀다. 힐끗 곁눈질로 보니 하얀 교복 위로 가슴선이 봉긋하다.

난 '아이들은 아이들다워야지, 징그러워' 하고 생각했다. 아이들은 하얗게 닦아 놓은 세면대에다 찍- 침을 뱉더니 저마다 담배를 꼬나문다. 한 남자애가 한 여자애에게 불을 붙여 주었다. 난 허리를 펴고 그러는 그 애들을 의아한 눈으로 보았다. 심한 몸짓으로 수다를 떨며 담배를 피우던 아이들은 저마다 꽁초를 세면대에 버리고 달아난다.

남자 화장실에 들어서니 거기에도 소변기에 담배꽁초가 보이는데 열서너 살쯤으로 보이는 남자애가 들어서더니 담배를 꼬나문다. 난 호기심이 동해 희뿌연 복도를 따라 걸었다. 활짝 열려진 교실문 안으로 수업 중인 선생님과 학생들이 보인다. 난 슬쩍 머리를 돌려 교실 안을 들여다보았다. 교실 바닥도 먼지가 희뿌연데 언뜻 눈앞에 수업 중인 아내의 모습이 스쳐 지나간다. 그리고 쉬는 시간 저마다 백묵 지우개를 털고 교실 바닥을 반들반들 윤내며 닦던 북녘땅 아이들의 모습도 언뜻 보인다.

1층 복도 청소가 끝났을 때였다.

활짝 열려진 현관문으로 한 무리의 아이들이 재잘거리며 들어서더니 복도 끝에서 담배를 피운다. 그러더니 꽁초를 마포 걸레 자국이 채 마르지도 않은 바닥에 던져 버린다. 한 아이가 그 떨어져 빨갛게 연기가 피어오르는 꽁초에 찍- 침을 뱉는다. 난 그러는 아이들을 한참 지켜보다 그 애들 곁으로 다가갔다.

"너희들 몇 학년이야? 너희들 한번 생각해 봐 너희 할아버지, 할머니 같으신 분들이 새벽같이 나오셔서 너희들 깨끗한 환경에서 공부를 하라고 이렇게 깨끗이 청소를 해 놨는데. 여기서 이렇게 담배를 피우면 안 되지. 그렇지 않아?" 난 아이들을 설득하며 마음을 움직여 보려 했다. 그런데 아이들은 내 말이 아니꼽다는 듯 저들끼리 마주 보며 히히 거린다. 입술을 빨갛게 칠한 한 여자애가 힐끗 나를 쳐다본 다음

다른 남자애가 눈을 가늘게 뜨고 나를 째려보더니 또다시 찍- 침을 뱉
는다.

13

아름다운 섬이었다.

그 섬엔 햇빛 찬란히 비치고 산이 솟아 있고 강이 흐르고 푸른 초원
이 있고 아득한 들판이 펼쳐지고 금빛 모래 백사장이 있었다.

낙원의 섬은 무려 제주도만큼 넓었는데 새들이 자유로이 날아예고
꽃들이 만발하고 행복한 아이들의 노랫소리 울려 퍼졌다.

그 아픔다운 섬은 나의 소유였고 난 그곳에 전 세계 부모 없는, 불
쌍한 아이들의 낙원을 꾸몄다. 그 아이들은 무려 수천수만이었다. 난
그 많은 아이들의 아버지였고 선생님이었고 원장이었다.

그 섬엔 병원도 있고 학교도 있고 아름다운 집들도 있었다.

전 세계 불쌍한 아이들은 그곳에서 마음껏 배우고 뛰놀며 무력무
럭 자랐다. 그렇게 자라 어른이 되면 전 세계로 뻗어나갔다. 난 그 행
복한 아이들 속에서 활짝 웃고 있었다.

깨어 보니 꿈이었다.